Megumi Amane
雨音恵
Illust. YuzuKi
「陣平君は、私たちにとって大切な人ですから」
女子の溜まり場
になっている件

花園環奈
KANNA HANAZONO
十年ぶりに再会したら、年商数億を誇る女子高生社長になっていた幼馴染。頭の回転が非常に早いが、思いや考えを言葉にするのは苦手
彼シャツで急接近!!

「フフッ。
どうしたんですか？
お顔が真っ赤ですよ？」

UNION POWER
浅桜奈央
NAO ASAKURA
日本女子短距離界の次期エース。圧倒的実力と妖艶なプロポーションから、周囲から遠巻きにされ孤立してしまっていた

「……っあ、ぁんっ！」
部室で秘密の……。

笹月美佳
MIKA SASADUKI
“国民の孫”と称される人気女優。スキャンダルを避けるために空気を演じていたところ、演技が上手すぎて存在感が皆無になってしまった

やっぱりお風呂で
「抜け駆け禁止!!」
「昔みたいに背中流してあげます。いつも頑張っている陣平君へのご褒美です」

# CONTENTS



俺ん家が女子の溜まり場になっている件

# 俺ん家が女子の溜まり場になっている件

雨音 恵

ファンタジア文庫

3451

口絵・本文イラスト　YuzuKi

Megumi Amane
雨音恵
Illust. YuzuKi
俺ん家が女子の溜まり場になっている件

# プロローグ

「お湯加減はどうですか、陣平君《じんぺい》？　熱くないですか？」

俺――五木《いつき》陣平は今、風呂《ふろ》イスに座りながら美女と呼ぶに相応《ふさわ》しい成長を遂げた幼《おさな》馴染《なじみ》にシャワーで背中を流してもらっている。

十数年ぶりに再会した幼馴染の名前は花園環奈《はなぞのかんな》。俺の記憶の中では可愛《かわい》らしいお人形さんのような女の子だったのだが、高校生となった彼女はそこに年不相応の色気が加わっていて〝絶世の〟と修飾してもいいレベルの美女へと変貌を遂げていた。

そんな幼馴染とどうして俺は一緒にお風呂に入っているのか。もしかして夢でも見ているのかと、もう何度目になるかもわからない自問自答をしながら俺は努めて冷静に質問に答える。

「だ、大丈夫……ちょうどいい熱さだよ。ありがとう、環奈」

「よかったです。それなら次は身体《からだ》を洗っていきますね」

いや、ダメに決まっているだろう。そう口にしたいのに何故《なぜ》か言葉が出てこないのは、環奈が鼻歌を歌いながら楽しそうにボディソープを泡立てているせいだ。

「こうして陣平君とお風呂に入ると子供の頃を思い出しますね。昔はよく身体の洗いっことかしましたよね」

「確かにそんなこともあったなぁ……」

そうは言ってもそれは小学生になる前の話。高校生の俺達がこういうことをするのは絶対におかしい。理性とは裏腹に俺の中の思春期男子君が盛大なガッツポーズをしていたとしてもだ。

「そう言えば最近知り合いから聞いた話なんですが、リラクゼーションの一つに洗体エステなるものがあるらしいんですよ」

「…………はい？」

「あれ、もしかしてご存じないんですか？　女性がモコモコの泡をまとって全身を洗いながらマッサージをするというもので、一度は受けてみたい男の夢だとその人は話していましたよ？」

「よし、今すぐ風呂から上がってその人に電話をしよう。幼馴染になんてことを吹き込んでくれやがったんだって説教してやる」

このままいくと〝説教と書いて感謝と読む〟なんてことになりかねない。そして俺がアホなことを考えている間に環奈の準備は整ってしまったようで。

「さて。それではそろそろ洗体プレイを始めていきますね」

「プレイって言ったな⁉　まさかそれも知り合いさんから吹き込まれたのか⁉」

「フフッ。それはどうでしょう？　あっ、始める前にちょっとだけ失礼しますね」

スルリと衣擦《きぬず》れの音がしたので何をする気だと尋ねるよりも早く俺の視界はブラックアウトする。どうやら頭からタオルを被《かぶ》せられたようだが、そこはかとなく人肌のぬくもりを感じるのは気のせいだろうか。

「鏡越しとはいえ、さすがに私も裸を見られるのはまだ恥ずかしいので、目隠しだけはさせてもらいますね」

えへへと恥ずかしそうにする環奈。そもそも風呂場に入って来た時点でバスタオルを巻いただけの裸同然の格好だったのだがそれはいいのだろうか。

「俺としては言っていることとやっていることがチグハグなところを自覚してほしいけどね？」

「安心してください。やり方はバッチリ教えてもらったのでちゃんと気持ちよくしてあげますから。天にも昇る快感を身体に刻んであ・げ・る」

「語尾にハートマークがつくような言い方をするな！　そんな約束はいらないからな⁉

あと悪いことは言わないからその知り合いさんとは今すぐ縁を切りなさい！」

一体これからナニをするつもりなんだと期待する自分を押し殺す。理性を手放して身も心も環奈に委ねるのは簡単だし一番楽なのだが、それをした瞬間に俺の人生に終了のホイッスルが鳴る。何故ならこの家には俺と環奈以外にも人がいるからだ。しかも女の子で世間に名の知れた有名人というおまけ付き。もし彼女達がこの場に現れたら――

「――ちょっと環奈。抜け駆けはよくないんじゃないかな？」

「――同盟の条約違反。許されない行為」

噂《うわさ》をすれば影とはよく言ったものだ。俺の思考が電波となって二人に届いてしまったのかとすら疑いたくなるジャストタイミングでの乱入に頭痛を覚える。どうして水着姿なのかとツッコミを入れるのは負けな気がする。

「どうして浅桜《あさくら》さんと笹月《ささづき》さんがここにいるんですか⁉　というか水着を着ているのはおかしくないですか⁉」

環奈が俺の疑問を代弁するかのように抗議の声を上げるも、二人は一切動じることなく正論で返す。

「いやいや。裸に泡を纏《まと》って洗体プレイを始めようとしている人が何を言ってもブーメランにしかならないからね？」

呆《あき》れた顔で至極当然の指摘をするのは浅桜奈央《なお》。肩口で切り揃《そろ》えられた髪形と狼《おおかみ》のようなキリッと吊《つ》り上がった目尻が特徴の美女。日本女子陸上短距離界のエースの一角にして将来金メダル獲得間違いなしとまで言われる天才。何故学園指定のスクール水着を着ているのかは謎である。

「あなたのしていることは公序良俗に反している。つまりギルティ。可及的速やかに五木から離れるべき」

頬を膨らませて憤慨している方は笹月美佳《みか》。可愛らしいゆるふわなロングヘアに二重《ふたえ》瞼《まぶた》のぱっちりとした大きな瞳。その色は珍しいオッドアイでミステリアスな雰囲気を醸《かも》し出している美女。幼い頃から芸能界で活躍しており、その人気ぶりから『国民の愛娘《まなむすめ》』と呼ばれている。浅桜と同じく競泳水着を着ているのは謎である。

「扞格齟齬《かんかくそご》ですね！　水着を着ている時点で二人からとやかく言われる筋合いはありません！　それにこれはいかがわしい行為ではなく、れっきとしたマッサージだもん！」

「だもん、じゃない。そういうことは自分がどんな姿をしているか見てから言おうね？」

「勢いに任せて既成事実は作らせない」

大して広くない風呂場だが、我が家の中で数少ない静かで落ち着ける場所でバチバチと火花を散らす美女三人。

「日ごろからお世話になっている陣平君を私なりに労《いたわ》っているだけだから邪魔しないでください！」

「裸ですることないよねって話だよ⁉　水着を着てやるとか、マッサージならベッドの上とか色々やりようはあると思うけど⁉」

「五木、寒いよね？　私と一緒に湯船に浸《つ》かろう」

言い争いをする二人の間をスルスルッと抜けて移動してきた笹月が俺の手を引いて浴槽へと誘導する。

「「抜け駆けするな‼」」

「……ッチ。バレたか」

ピッタリと声を揃えて環奈と浅桜に怒られて不満そうに舌打ちをする笹月。そしてまた三《み》つ巴《どもえ》の争いが再開する。

「ホント、どうしてこんなことになったんだろうな……」

俺は独《ひと》り言《ご》ちながら今日までの激動の日々を思い出す。

# 第一話　進学予定の高校が廃校になったので田舎を出ることになりました

寒さが和らぎ、山の雪もようやく解けてきた三月初旬。

俺、五木陣平は祖父のイノシシ狩りの手伝いをして帰宅したら、十五歳にして人生の岐路に立たされてしまった。

その原因は中学の担任からの一本の着信。留守番電話に残されたメッセージを聞いた俺は着のみ着のままで急いで学校へと向かった。

「俺が進学するはずだった高校が廃校になったって本当ですか、先生⁉」

「おや、五木じゃないか。これはこれは随分と早いお着きだね」

息を切らして俺が駆け込んできたのを見てわずかに驚きつつも呑気《のんき》にコーヒーを飲みながら尋ねてくる妙齢の女性。この人が俺の担任の葛城夏海《かつらぎなつみ》先生。

長閑《のどか》な土地と言えば聞こえはいいが、その実態は超とドが同時に頭に付く田舎町。若者よりもお年寄りの方が圧倒的に多く、生徒の数も両手で数えきれてしまうような場所に突如赴任してきた変わり者の美人教師である。

「てっきり来るのは日が落ちてからだと思っていたんだけどね。もしかして今日の狩りは上手《うま》くいかなかったのかい？」

「しっかり一頭仕留めましたよ！　うちの爺ちゃんを舐《な》めないでください――って今はそんな話をしている場合じゃありません！」

「元気があるのはいいことだ。ノリツッコミも上手くて大変よろしい」

「よろしいことなんてありませんよ！　高校が廃校になったら俺の進路はどうなるんですか⁉」

自分の生徒が将来について不安と焦《あせ》りを感じているのに能天気すぎないか。降ってわいた事態とはいえ、頼みの綱なんだからしっかりしてくれないと困る。

「焦ってもいいことはないよ。泰然自若。静かなること林の如《ごと》く。こういう時こそ心を落ち着かせることが大切だ」

「確かに焦りは最大のトラップって言いますけど、今は疾《はや》きこと風の如くじゃないと手遅れになりませんか？」

「ハッハッハッ！　何を言っているんだい、五木。もう手遅れに決まっているじゃないか。普通の高校はどこもとうの昔に入試は終わっているよ」

「血も涙もないなぁ⁉　あんたそれでも俺の担任かよ！」

やれやれと呆れた様子で肩を竦《すく》める葛城先生。薄々わかっていたことではあるがこうもはっきり宣告されるとは思わなかった。俺の心はボロボロだ。

「五木《いつき》にしては珍しくせっかちだね。私が〝普通の高校は〟って言ったのを聞き逃したのかな？」

「……それじゃまさか？」

「まだこの時期でも入試をやっている高校はあるんだよ。まぁちょっと変わった学校だけどね」

どこか得意気な顔で言いながら、葛城先生は机の引き出しから一枚のパンフレットを取り出した。

「私の母校、天橋立学園《あまのはしだて》。進学するはずだった高校より偏差値はちょっとばかし高くなるけど、ここならまだ試験はやっているし、五木なら合格できる。ＯＧで担任の私が保証する」

珍しく真剣な表情で話す葛城先生。パンフレットを受け取り、パラパラとページを捲《めく》る。

中学生の頃に起業して年商数億の売り上げをたたき出す社長や日本女子陸上短距離の歴史を変えることになる逸材などが在校生にいるらしい。すごい学校だな。

「天橋立学園は通常の入試とは別に盆暮れ正月を除いた一年間、入学を希望する学生のための試験を実施しているんだよ。いつでも転入、編入できる通信制の高校みたいなイメージかな？」

「でもそれって転校生や編入生を受け入れる時の話ですよね？　俺の場合は新入学なので状況が少し違うんじゃないですか？」

「そこもこの学校が変わっているところでね。様々な事情で試験を受けることが叶《かな》わなかった受験生に対して救済措置を設けているんだよ。その試験がちょうど明後日《あさって》にある」

「その試験に受かれば浪人しなくて済むってことなんですね？」

どん底で頭を抱えているところに垂れてきた一筋の糸。これを摑《つか》まないという選択肢があろうか。いや、ない。けれどそうは問屋が卸さないとばかりに葛城先生の表情がわずかに曇る。

「ただいくつか問題もあってね。最たるものだと、入学するってなったら上京しなくちゃいけなくなる」

「……え？」

間抜けな声が漏れる。こんな形で生まれ育ったこの場所を離れる決断を迫られることになるとは思ってもみなかった。

「受験する気があるなら必要な手続きとか諸々《もろもろ》は私の方で全部引き受けよう。試験まで時間はないけどご家族とよく話し合うんだよ」

葛城先生の提案はどん底から這《は》い上がるためにもたらされた一筋の糸。これを摑んで合格することが出来れば高校浪人せずに済む。だが問題はその後。都会の高校に行くとなると当然ここから――爺ちゃんのもとから離れることを意味する。

海外で仕事をしている両親にかわって俺をここまで育ててくれた爺ちゃんを残して離れるのは気が引ける。

「五木が悩む気持ちはよくわかる。簡単に踏ん切りがつかないのもね。その背中を押すきっかけになるかはわからないが……この学園にはお前の幼馴染《おさななじみ》の女の子が通っているよ」

「……ん？　幼馴染？　それってもしかして環奈《かんな》のことですか？」

幼馴染と言われて思いつくのは一人しかいない。近所に住んでいた同い年の女の子でよく遊んでいたけどご両親の仕事の都合で引っ越してしまった。もう十年以上会っていないけれど顔もしっかり覚えている。

「そうそう、その子。確かフルネームは花園《はなぞの》環奈だったかな？　彼女もこの学園に通っているんだよ。どう、嬉《うれ》しい？」

「嬉しいかどうかで言えば嬉しい方ですけど、向こうが覚えているかどうか……」

なにせ彼女が引っ越してから一度も連絡を取っていないのだ。まだ子供だったからスマホなんて上等なものは持っていなかったので連絡先は知らないし、手紙も送ろうとしてはやめてを繰り返して今に至っている。そんな薄情な幼馴染のことを覚えているとは思えないが、会いたい気持ちがあるのもまた事実。

「その辺はキミの努力次第じゃないかな？　五木、頑張るんだぞ☆」

「……色々台無しだよ」

高校進学。幼馴染との再会。もしも爺ちゃんにこのことを話したらなんて言うだろうか考える。

「五木のお爺さんとは何度か会ったことがあるから最低限の人となりは知っているつもりだ。だからきっとこう言うんじゃないかな――」

〝儂《わし》のことは気にせず都会の空気を吸いに行け〟

「――さすが先生。爺ちゃんのことをよくわかってる」

葛城先生が口にしたことを、俺は常日頃一緒に暮らしている爺ちゃんから耳にタコができるくらい言われていた。

一人にする不安がないと言えばウソになる。でもそれを言うと〝年寄り扱いするな！

儂はまだ現役だ！〟と怒られる。元気が有り余っているのはいいことだけど、もうすぐ八十になるんだから身体《からだ》には気を付けてほしい。

「ありがとう、先生。俺、その学校の試験受けることにするよ。爺ちゃんもきっと笑って許してくれるはずだから。それより問題なのは住む場所をどうするかだよ」

お金の面の不安もあるが、何よりまずは生活拠点を確保しないことには始まらない。高校三年間を公園で過ごすわけにはいかないからな。

「そのことなら問題ないよ。私がニコニコ現金一括払いで購入したマンションに空きがあるからそこに住むといい。学園に歩いて行ける上に築浅の、学生の一人暮らしには贅沢《ぜいたく》な物件だよ」

「……先生って一体何者なんですか？」

「フッフッフッ。女は秘密を着飾って綺麗《きれい》になるものなんだよ」

どこぞの金髪ハリウッド女優の決め台詞《ぜりふ》をドヤ顔で口にする葛城先生。様になっているのが悔しい。

俺はため息を吐《つ》きながらパンフレットを机の上にぽいっと投げる。真面目な話をした後は必ずふざけないと死んでしまう病気にでも罹《かか》っているのだろうか。感謝の気持ちもこれでは台無しだ。

「でも先生。チャンスをくれてありがとう。俺、精一杯頑張るよ」

「気負うことはない。普段通りの力を出せば五木なら余裕で合格できるはずさ。キミはこれまで私が出会ってきた人間の中でも飛びぬけて優秀なんだからね」

「お世辞でも嬉しいですよ、先生」

「お世辞じゃないんだけど……まぁいい。一応過去問を渡しておくから目を通しておきなさい。試験当日は学園まで私が車で送ろう。詳しいことはまた後で連絡するよ」

「何から何までありがとうございます。それじゃ俺はそろそろ帰ります。爺ちゃんにも一応説明しないといけないですから」

ついでに海外にいる両親にも報告しないと。時差を考えたら電話をするのは明日の朝かな。なんてことを考えながら踵《きびす》を返して俺は職員室を後にする。

＊＊＊＊＊

職員室から出て行った出来が良すぎる教え子の背中を見送った私――葛城夏海――は、肩を竦めながらため息を吐いた。

「ハァ……今日の五木はやっぱりせっかちだな。私の話はまだ終わっていないのに帰りやがって」

五木が進学するはずだった高校が廃校になったと報告を受けたのは今朝のこと。突然の事態に担任の私だけでなく、その時職員室にいた教師全員が面食《めんく》らったのは言うまでもない。

「だが私にとっては好都合だったな……フフッ、そんなこと言ったら五木に怒られるかもしれないけど」

五木が机の上に置いていった天橋立学園の学校案内を手に取る。

「パンフレットも見ていたみたいだけど、肝心なところを見落としているし。まぁさすがのあいつも動揺していただろうから無理もないか」

パラパラと捲っていたようだが、一ページ目に書かれている文言こそが彼に伝えそびれた一番大事なことである。

「〝天才達よ、集え〟か。母校のことを悪く言いたくはないけど、よくもまぁ恥ずかしげもなく書けるものだ」

こういった煽《あお》り文句を学校紹介の冊子に載せないでもらいたい。共感性羞恥が爆発してしまう。

だがこの言葉に嘘《うそ》はない。天橋立学園は小中高大のエスカレーター式の学校で日本でもトップクラスの名門校だ。卒業生の中には政治家や世界的に有名な研究者やアスリート等《など》がたくさんいる。

それ故にごく一部の限られた者にしか受験することすら許されないし、不運な形で陥った高校浪人の窮地を脱するためであっても普通ならまず薦めない。

「まぁ五木なら問題ないか。あいつのことだ、下手をすれば最高得点をたたき出して特待生入学するかもな」

生粋の田舎生まれの田舎育ちだが五木陣平《じんぺい》は普通ではない。平凡だと思っているのは本人だけ。そもそも私は最初からあいつに天橋立学園を受験させるつもりで進路相談の時に他の学校にまぜてパンフレットを渡していたのだ。まぁ見向きもされなかったが。

「クフフッ。外部からの受験生が、それも救済措置の試験を受けて特待生になったら職員室は騒然となるだろうな」

教師陣が十数年ぶりの快挙に沸き立つのか困惑するのか。どんな反応をするのか直接拝めないのは非常に残念だ。

「さて、私も準備を進めるとするかな。まずはクソ恩師に電話をして――」

そして数日後。

私の予想した通り、五木陣平は日本中の才ある者達が集まる学園の試験において歴代最高得点をたたき出して見事に合格した。いくら何でも学園の歴史に名を刻むような点数を取るのはやりすぎだぞ、馬鹿者が。

# 第二話　十数年ぶりに再会した幼馴染が社長になっていた件

時間はあっという間に流れて桜が咲き誇る四月。迎えた入学式。

俺は今、これから三年間通うことになる天橋立《あまのはしだて》学園の校門の前に立って感慨に耽《ふけ》っていた。

「ホント、葛城《かつらぎ》先生には感謝しかないな」

進学予定の高校が廃校になったと聞いた時は目の前が真っ暗になったが、頼れる担任のおかげで無事に高校生になることが出来た。

「こっちでの生活のこととか色々手伝ってくれたのもありがたかったな。裏がありそうでちょっと怖いけど」

入学手続きから引っ越しの準備だけでも十分なのに、新生活に必要な家具や家電を〝合格祝い〟だと言って買ってくれた。特に男子高校生の一人暮らしには勿体《もったい》なさすぎる高級モデルの洗濯機には目が飛び出るかと思った。

さすがにただの中学の担任にそこまでしてもらうわけにはいかないと爺《じい》ちゃんと断ろう

としたのだが、

『気にしないでください。五木《いつき》君のおかげで臨時収入が入ったんです。これくらいのことはさせてください』

無駄にキラキラとした笑顔で言われてしまい、あれよあれよという間に会計まで済まされてしまった。俺のおかげという臨時収入の正体が気にはなったが、何故《なぜ》か恐怖を覚えて聞けなかった。

「おかげで不自由はしなくて済みそうだけど……いつかちゃんと恩返ししないとな」

時間はかかるかもしれないが絶対にしよう。そう心に誓いながら俺は校門をくぐって学園の中へと足を踏み入れる。

その瞬間、空気が変わった。そんな気がした。息が苦しくなるというか密度が濃いというか、これまであまり経験したことがない感覚。強いてたとえるなら爺ちゃんと山で熊を狩った時か。一歩間違えればこちらが狩られる、その感じに近い。

「ふぅ……雰囲気に飲まれるな、俺。大丈夫、ここでもやっていけるさ。多分、きっと、maybe……！」

深呼吸をしながら逸《はや》る気持ちを落ち着かせる。入学式も始まってすらいないのにこの調子では三年間乗り切るなんて不可能だ。それにこんな情けない姿を幼馴染《おさななじみ》に見せるわけにもいかない。

「環奈《かんな》か……一体どんな風になっているんだろうな。会うのが楽しみだ」

十数年前を最後に一度も会っていない幼馴染。お互い友達がいなかったことと家族ぐるみで仲が良かったこともあって毎日のように遊んだ女の子。子供ながらにこの先もずっと、それこそ死ぬまで一緒だと思っていたのだがまさか離れ離れになるなんて。

当時から精緻な人形のように可愛《かわい》くて、母も〝環奈ちゃんは将来間違いなく美人になるわ。陣平、逃したらダメよ⁉〟と鼻息を荒くして言うくらいだった。

「引っ越しの時は大変だったよなぁ。前日の夜から大泣きして止まらないし、寝る時も抱き着いて放してくれないし。当日も当日で――」

『嫌だぁ！　陣平君と離れ離れになるなんて絶対に嫌です！　こんなの悲歌慷慨《ひかこうがい》だよ！　私もここに残るの！　陣平君と長枕大被《ちょうちんたいひ》するもん！』

両親に泣きながら抗議をしていた姿は鮮明に覚えているし、思い出すだけで自然と笑みが零《こぼ》れてくる。小学校にも入っていない子供が難解な四字熟語を使って駄々を捏《こ》ねるのは全力の背伸びをしている感があって可愛かった。

それはさておき。再会に際して当然ながら不安もある。いつか会おうと約束しておきながら電話や手紙など一切連絡をしてこなかったのだ。

「忘れていられたらどうしよう……ショックで立ち直れないかも」

その可能性を考えるくらいには時間が経《た》っている。当然だが子供の頃から成長もしているのでそもそも気付かれないかもしれない。声をかけたらゴミを見るような目をされたら心が折れる自信がある。

「まぁその時はその時だ。またゼロから関係値を築いていけばいいさ」

自分に言い聞かせながら歩く。向かう先は式が行われる体育館。無駄に広い敷地《しきち》に校舎に講堂、グラウンドなど色々な施設があるので、事前に届いた案内状を見ながらじゃないと間違いなく迷子になっていた。

「小学校から大学まであるとはいえ広すぎる。これが都会の学校か。恐ろしいな」

独《ひと》り言《ご》ちながら俺は見かけたベンチに腰掛ける。幸いなことに入学式までまだ時間はある。入り口付近は新入生とその親達でごった返している。少し休憩していくか。中に入るのは人込みが落ち着いてからでいいだろう。

「結局父さんと母さんは仕事で来られなかったか……」

寂しいという感情が湧かないと言ったらウソになるが、同時に今更期待しても仕方のないことだとも思っている。小学校の卒業式。中学校の入学式とその卒業式。三者面談や授業参観、全部来てくれたのは爺ちゃんだった。

「爺ちゃんには来てほしかったけど、さすがにこっちまで来るのは大変だよなぁ」

今も狩猟シーズンになると山に入っては鹿やイノシシ、時には熊さえも仕留めてしまう現役のマタギだがさすがに年齢には勝てない。こんなことを言うと年寄り扱いするなと怒られるが、入学式のためだけに長距離移動を強いるのは心が痛い。

「うじうじしててもしょうがない。晴れ舞台はこの先まだあるし、元気出していこう」

そう自分に言い聞かせながら、俺は顔を上げて親に見送られながら会場に入っていく同級生達に視線を向けると、みな不思議と自信に満ちた顔をしていた。そこに不安や焦燥といった類の感情は一切ない。

「……みんなすごいな」

いけない。胸の奥に片づけたはずの弱気がまた這《は》い出てきた。俺だって試験に合格してこの場にいるんだ。つまり立っている土俵は同じ。なら臆することは何もない。上京する前日に葛城先生からも、

『雰囲気に飲まれるかもしれないがビビることはない。五木ならあの学園でもやっていけるさ。常に最強の自分をイメージするんだよ』

とよくわからない激励の言葉と共に背中をバシッと叩《たた》かれたじゃないか。田舎の模試とはいえ一位になったこともあるんだし、きっと大丈夫。

「よしっ……そろそろ行くか。さっさと環奈を見つけて驚かせてやろう」

重たい腰を気合いで持ち上げて俺は体育館へと足を向ける。地元では見たことないくらい大勢の人の中から今の顔を知らない一人の人間を探し出すのは、某絵本の赤白の服を着たひょうきんものを探す遊びより困難かもしれない。

けれど頭では難しいとわかっていても男にはやらなければいけない時がある。今がまさにその時だと見定めて心の中で思い切り鞭《むち》を打つ。

「まぁ同じクラスみたいだから今無理に探さなくても別にいいんだけど」

式が終われば教室に移動してオリエンテーションがあるので勝ちは確定しているようなもの。気楽に探そう。

なんて気の抜けた考えでは優に百を超える新入生の中から幼馴染を見つけることなどできるはずもなく、開始の時間を迎えたのだが——

「……マジかよ」

思わず俺の口から驚きの声が漏れる。

無駄に長いだけで身にならない校長先生のお話や来賓の挨拶、さらに現生徒会長から入学おめでとうの言葉を貰《もら》った後にそれは起きた。

『新入生答辞――花園《はなぞの》環奈さん』

「――はい」

静寂な体育館に凛《りん》とした声が響き渡る。

立ち上がり、壇上に向かって歩き出す一人の女子生徒にその場にいる全ての者の視線が集中する。

手入れの行き届いたウェーブのかかった亜麻色の髪が照明を浴びて光沢を帯びている様は、さながら夜空を埋め尽くす星々のよう。透き通るような乳白色の肌は穢《けが》れを知らない天使のそれだ。整った鼻梁《びりょう》に長い睫毛《まつげ》、可愛らしさと意志の強さを内包した大きな瞳。

神様がこの世の美を集結させて創造したと言っても過言ではない美女がそこにいた。

「あの子が本当に俺の幼馴染の花園環奈、なのか？」

かつて俺の背中からくっついて離れようとしなかった泣き虫な女の子の面影はなく、名画から飛び出してきた女神様へと変貌を遂げていた。

この広い体育館に集まった全ての人間の視線を一身に浴びながら、堂々とした佇《たたず》まいで壇上に立つ幼馴染。立派になったその姿に思わず目頭が熱くなる。

『春の息吹《いぶき》が感じられる今日、私達は天橋立学園高校に入学いたします。本日は私達のために、このような盛大な式を挙行していただき誠にありがとうございます。新入生を代表してお礼申し上げます』

静謐《せいひつ》な声が響き渡る。どことなく艶美さを感じる声音だが、そこには確かに俺が知っている花園環奈の面影が感じられた。

『求不得苦《ぐふとくく》な日々だった高校受験を乗り越え、この場に立てていることに恐懼感激《きょうくかんげき》しております。

これまでは両親を始め、多くの方々の力を借りて過ごしてきました。まだまだ子供で未熟な、浅学非才な身ではありますが、気宇広大な人間になるべく先輩方の背中を見ながら成長していきたいです』

「……ん？」

いきなり聞き馴染《なじ》みのない四字熟語がいくつか出てきたな。言わんとしていることはわ

かる。特に不自然というわけでもない。だが如何《いかん》せん言葉のチョイスが難解だ。そのせいで会場全体からクエスチョンマークが出始めている。

『そしてこれから天橋立《あまのはしだて》高校の生徒として相応《ふさわ》しくあるよう博学篤志を心掛け、常に一往直前に高鳳《こうほう》漂《ひょう》麦《ばく》していきます。今日から始まる三年間、不撓《ふとう》不屈《ふくつ》の構えで日々是《これ》精進していくことを誓います。

校長先生を始め先生方、先輩方、どうか温かいご指導ご鞭撻《べんたつ》のほど何卒《なにとぞ》よろしくお願いいたします。

以上をもちまして、新入生代表の挨拶とさせていただきます。花園環奈』

「――――ぶはぁ⁉」

我慢できずに思わず吹き出してしまった。式辞で三段跳びのホップ・ステップ・ジャンプをするんじゃない。役目を果たした、やり切ったぜって顔で壇上から降りているけど会場はお通夜《つや》状態だって気が付いているか。一周回って何を言っているかみんなわからず困惑しているぞ。

でもその一方で確信した。この言葉の使い方は間違いなく俺の知っている花園環奈であると。昔から頭が良くて、どこで覚えてきたのか難解な四字熟語を会話の端々に使うから俺以外の子供達は何を言っているかわからず気味悪がられていた。友達が俺しかいなかった理由である。

「何だよ……変わったのは見た目だけで中身は全然昔のままじゃないか」

十数年経って落ち着くどころかむしろ悪化している幼馴染《おさななじみ》の姿に安堵《あんど》のため息が口から洩《も》れる。ただ同時に気掛かりなのは引っ越してから今日までどう過ごしてきたかだ。

こっちでは友達は出来たのか。俺がいなくても意思疎通は出来たのか。いじめられたり、はぶられたりして寂しくて泣いたりはしていなかったか。過保護すぎる兄のようだと自覚はあるが、心配せずにはいられないのが花園環奈《かんな》という存在なのだ。

「早く話しかけたいな。環奈の反応次第では入学早々お通夜な気分になるかもしれないけど」

不安はある。でもそれ以上に一秒でも早く話がしたかった。離れ離れになってからどんな日々を過ごしてきたのか知りたいし話したい。意図せずして出来てしまったこの溝を埋めたい。今はただそれだけ。

「あぁ……入学式終わらないかなぁ」

環奈が退場した後は起立しての校歌斉唱。正直歌詞も何も覚えていないので全力で口パクをして誤魔化す。この後は司会より閉式の辞が述べられ、来賓や両親、在校生から盛大な拍手で見送られながら俺達新入生は体育館を後にする。

その足で向かう先は一年間過ごすことになる教室。適当に座るように言われて各々《おのおの》席に着く。これから待ち受けるのは担任と三十名のクラスメイトの自己紹介タイム。ここで躓《つまず》きたくはないが、ようやく訪れた自由な時間だ。環奈が座っている位置を確認して立ち上がろうとした時、

「まさかと思うが花園環奈に話しかけにいくつもりか？」

たまたま前の席に座っていた男子生徒がどことなく呆《あき》れた顔で声をかけてきた。まるでレベル1の初期装備でラスボスに挑みに行こうとしている馬鹿を見るような目。そう感じるのは俺の気のせいだと思いたい。

「……そうだけど、声をかけにいったらダメなのか？」

「悪いことは言わない。花園環奈はやめておいた方がいいぞ」

どうしてそんなことを言うんだ、と尋ねるよりも早く男子生徒は懐《ふところ》からスマホを取り出して手早く何かを検索。その画面を俺に見せてきた。

「〝世界が注目！　現役中学生社長、花園環奈さん〟？　へぇ……環奈は社長なのか。まぁ昔から頭良かったし不思議じゃないな……ってちょっと待て。学園案内のパンフレット

に載っていた社長ってもしかして……？」

「おいおい、知らなかったのか？　この学園の生徒で花園環奈のことを知らない奴《やつ》はいないと思っていたんだが……さてはお前、外様《とざま》組だな？」

「そうだけど……いつの間にこんな有名になっているなんて驚きだ」

ちなみに外様組というのは外部から受験を経て高等部に入学してきた者のことを指す。初等部や中等部から天橋立学園に通っていた生徒のことはもちあがり組、内部組と呼ぶそうだ。

「まぁ外様なら知らなくても無理はないが、こうしてネットで記事になるくらいに有名だから情報に対する感度が相当低いな」

「あいにく田舎出身なもんで。トレンドってやつに疎《うと》いんだよ」

「そういうことか。なら高校から上京して一人暮らしか。困ったことがあったらいつでも聞いてくれていいぜ。助けになるからさ。あっ、俺は和田晃《わだあきら》。よろしくな」

そう言いながら男子生徒改め和田が手を差し出してくる。その手を握りながら俺も「五木陣平《いつきじんぺい》だ。こちらこそよろしく」と言葉を返す。

「ちなみにこのクラスには花園環奈の外にも有名人が何人かいるんだが……聞きたいか？」

「いや、それよりも花園環奈はやめた方がいい理由を——」

「仕方ないねぇ。そこまで言うなら教えてやる」

人の話を聞いてくれ、という願いを込めてジト目で睨《にら》むが和田は一切気にすることなく勝手に話を始める。

「まず一人目は浅桜奈央《あさくらなお》だな。日本女子陸上界の期待の星だ」

そう言って和田が窓際《まどぎわ》の席に視線を向ける。その先にいるのは頬杖《ほおづえ》をついてグラウンドを眺めているウルフカットの女の子。可愛《かわい》いよりカッコいいと表現した方が適切な美少女だ。

「二人目は笹月美佳《ささづきみか》。三歳で芸能界デビューした天才子役なんだけど、すまん。どこにいるかわからん」

「ん？　どういう意味だ？」

「存在感が薄いというか希薄なんだよ。まぁ見つけることが出来たらラッキーって感じだな」

なんじゃそりゃと思いながら俺は教室全体を見渡して気配が薄い子を探す。対象はすぐに見つかった。机に突っ伏しているせいで顔は見えないが一番前の席に座っている女の子。あれが笹月美佳か。

「へぇ……こっちは色んな子がいるんだな」

「……さすが肝が据わっているというべきか、それとも鈍感というべきか。普通はびっくり仰天の驚天動地になってもおかしくないんだが、反応が淡白すぎて逆にびっくりぽんだぜ」

「それはさすがに大袈裟《おおげさ》だろう。そんなことより、そろそろ花園《はなぞの》環奈はやめた方がいい理由を詳しく教えてくれないか？」

「はぁ……あくまでお前さんは花園環奈一筋ってことか。その理由も気になるが、まぁ教えてやるよ」

和田は呆れ混じりの苦笑いを零《こぼ》してから口を開く。

「まずはあの芸能人顔負けのルックス。モデル、グラビアアイドルも裸足《はだし》で逃げ出すスタイル。それでいて頭脳明晰《ずのうめいせき》で成績も常にトップクラス。それでいて中学の時に起業して今や年商数億の社長。まさに非の打ち所がない完全無欠の美女。それが花園環奈という女の子だ」

「随分と早口な解説だな」

「時折会話の中に挟まれる四字熟語や頭の回転が速すぎる故に会話が成立しないことがあるのが玉に瑕《きず》だが、それをチャームポイントと考えている奴も多く、告白して返り討ちにあって屍《しかばね》となった男は数知れず……故に！　可愛いからといってお近づきになろうなんて考えない方がいいってわけさ！」

「……なるほど。だいたいわかった」

最後はぐっと拳を握って話を締める和田。彼が相当な事情通であることと環奈が異性から人気があるということは理解できた。だからと言って幼馴染に声をかけにいかない理由にはならない。

「忠告ありがとう、和田。でも俺は行くよ。なにせあいつは俺の――」

「和田君、お話し中のところすいません。私の名前が聞こえたような気がしたのですが……いったいなんの話をしていたんですか？」

げぇ、とカエルが潰れたような声を上げる親切な男子生徒。みるみるうちに顔色から精気が失われていく様は面白いが今はそれどころではない。まさか環奈の方からこちらに来るとは思ってもみなかった。

「久しぶり、環奈。俺のこと覚えてるか？」

俺は席から立ち上がりながら努めて冷静に言葉を投げる。うるさいくらいに鼓動する心臓。緊張で口の中の水分が加速度的に乾いていく。

「う、うそ……これ、夢じゃない……ですよね？」

信じられないと呟《つぶや》きながら口元に手を当てる環奈。

「も、もしかして……陣平君、ですか？」

それからおよそ十秒という永遠とも思える時間が経《た》って。環奈はその宝石のような瞳から大粒の涙をこぼしながら恐る恐る俺の名前を口にした。それを聞いて俺は思わず安堵のため息を吐《つ》いた。

「よかった。覚えていてくれて嬉《うれ》しいよ、環奈」

「本当の本当に、あの陣平君⁉　十年とちょっと前に私とよく一緒に遊んでくれた五木陣平君ですか⁉」

心なしか語気と鼻息を荒くしながら、ずいっと身体《からだ》を近づけてくる環奈。子供の頃ならいざ知らず、成長して超が付くほど可愛くなった幼馴染に接近されたら否《いや》が応《おう》でも別の意味で心臓の鼓動が速くなる。

「そ、そうだよ。昔よく一緒に遊んだあの五木陣平君ですよ」

久しぶり、ともう一度言おうとしたところで環奈が両手で俺の手をギュッと握りしめてくる。柔らかく白魚のような彼女の手は小刻みに震えていた。

「うそ……信じられません……また会えて嬉しいです、陣平君！　欣喜雀躍《きんきじゃくやく》、千歓万悦……この気持ちは言葉では言い表せません」

「ハハハ……久しぶりの再会とはいえ大袈裟だな」

欣喜雀躍と千歓万悦はどちらも大いに喜ばしい時に使われる四字熟語だが、日常生活ではまず耳にする機会がないだろう。ちなみに前者は雀《すずめ》が飛び跳ねるように小躍りして喜ぶというのが語源らしいが、今の環奈は小躍りどころかブレイクダンスをしかねない勢いである。

「元気そうで何よりだよ、環奈」

「陣平君の方こそ、私がいなくなった後も元気にしていましたか？」

無理やり作った笑顔。大きな瞳には膜が張っており、キラキラとした雫《しずく》が今にも零れ落ちそうになっている。

「ぼちぼち、って言ったところかな。爺《じい》ちゃんの手伝いをしたり、それなりに元気にしていたよ」

「お爺ちゃんの手伝いというともしかして狩猟ですか？　危なくないんですか？」

「気を抜いたら危ないけど、その辺りは爺ちゃんに散々仕込まれたから大丈夫。それより環奈、一ついいかな？」

「ん？　なんですか？」

キョトンとした表情で小首をかしげる環奈。過去何度も観《み》た仕草のはずなのに破壊力が

段違いだった。俺は一つ咳払《せきばら》いをしてから、

「えっと……そろそろ手を離してくれると助かるんだけど……」

「――――！！？？　ごごご、ごめんなさい‼」

ひっくり返りそうな勢いで慌てて手を離し、ついでに俺から距離を取る環奈《かんな》。加えて湯気が出そうな程顔を赤くしている。昔は手なんてよく繋《つな》いでいたけどさすがに大勢の人の前で堂々とするのは初めてだったからな。俺も恥ずかしい。

「いや、別に謝ることじゃないんだけど……」

「つ、積もる話はたくさんありますがこの辺で私は一旦席に戻りますね！　先生もそろそろ来ると思いますから！」

それじゃ、と言い残して環奈は風となって元いた場所へと戻っていく。そして席に着くや否《いな》や机に突っ伏してしまった。情緒がどうなっているのか心配になる。

『花園環奈と会話が成立していた……だと⁉』

『というかやけに親しくなかったか？　距離感おかしくなかったか⁉』

『まさかあいつが噂《うわさ》の特待生か？』

教室が別の意味でざわつき出すが気にせず席に着く。そんな俺を見て前の席に座っている和田がしみじみと呟く。

「なるほど、五木が花園環奈のことを知りたがった理由がわかったぜ」

「環奈とは幼馴染《おさななじみ》なんだよ。こうして会うのは久しぶりだけどな」

「しっかり会話できたのも納得だわ。すごいな、五木は」

「別にすごいって言われるようなことは……」

むず痒《がゆ》いというか気味が悪いというか。ただ俺は再会した幼馴染とただ普通になんてことのない話をしただけだ。

色んな意味でこの先どうなっていくのか期待と不安に胸を膨らませたところで教室の扉がガラガラッと開いた。入ってきたのは葛城《かつらぎ》先生と同じか少し年下くらいの若い女性。その後ろには落ち着き払った優しそうな初老の男性。どうやらこの二人がこのクラスの担任、副担任のようだ。

「みんな、入学おめでとう！　このクラスの担任をすることになった簾田由梨奈《みすたゆりな》です！　早速だけど自己紹介してもらおうかな！　あ、ちなみにこっちのお爺ちゃんは副担任の松《まつ》山大作《やまだいさく》先生！　仲良くしてあげてね！」

そう言ってアハハハと快活に笑う簾田先生。この自由奔放な感じに俺は既視感を覚えつつ、同時に楽しい一年になるだろうなと確信した。

KANNA HANAZONO

# 花園環奈

PROFILE

・身長：159cm

・誕生日：2月3日

・血液型：A型

・家族構成：父・母

MEMO

陣平の幼馴染で、年商数億を誇る女子高生社長でもある。頭の回転が非常に速いが、思いや考えを言葉にすることが苦手。日常会話で難解な四字熟語を使うため、分かってくれる陣平以外とのコミュニケーションは至難の技

# 第三話　お礼の支払い方法はプライスレス？

　鬼門だった自己紹介を無難にこなし、簾田先生から明日以降のスケジュールの説明を聞かされたところで、入学式から始まった長い一日がようやく終了した。とはいえ俺にとってはここからが本番だ。

「なぁ五木《いつき》。もしよかったらどっかで飯でも食べて帰らないか？」

「悪いな、和田。この後は野暮用があるんだ。また誘ってくれ」

　嬉しい申し出だが丁重に断る。たまたま前の席に座ったのが和田でよかった。見た目こそ刈り上げた短髪に大柄で筋肉質な身体つきで厳《いか》ついが、それに反してかなり面倒見のいい性格をしている。

　中学校の頃に天橋立《あまのはしだて》学園に入学し、バスケ部に所属。昨年はチームを全国大会優勝に導いた天才で、「高校でも活躍を期待しているよ」と和田が自己紹介を終えた後に簾田先生が付け足すほど。

　ただこのクラスには部活どころかいずれ日本中の期待を背負う才能を持つ女子生徒がい

るわけだが。冷静に考えるとそういう奴《やつ》が多い。自分の井の中の蛙《かわず》ぶりを実感する。

「そうだよな。俺なんかより久しぶりに再会した幼馴染と話したいよな」

「そんなところだ。気を遣ってくれてありがとな」

上京してきて学園のことを右も左もわからない俺を気遣って声をかけてくれたんだろう。無下にするのは気が引けるが、それ以上に俺は環奈の周りに人がいないことの方が気になった。

聞けば環奈は小学生の頃から天橋立学園に入学していたそうで、その頃から一人でいることが多かったらしい。その理由が十数年前と同じものなのか。もしそうだとしたら今日までどんな思いで過ごしてきたのか心配で仕方なかった。

「環奈、一緒に帰らないか？」

だから俺は帰り支度をしている環奈に声をかけた。その瞬間、教室に緊張が走る。ただ話しかけるだけで驚かれるっておかしな話だ。

「あっ、陣平《じんぺい》君。もちろんオッケーですよ！　ちょうど私も誘いに行こうとしたところだったんですが先を越されちゃいました」

えへへと笑顔で言いながら環奈は立ち上がった。昔のように腕を組んできそうな勢いだったが、直前で両手を後ろに組んで思いとどまる。よかった、そのままくっつかれたら空気が凍りついたに違いない。俺は心の中で安堵《あんど》のため息を零《こぼ》す。

「どうしました？　ぼぉーとしていますが大丈夫ですか？」

「環奈と違って俺はまだこっちの空気に慣れていないからな。ちょっと疲れただけだよ」

「フフッ。さすがの陣平君も都会の空気にやられちゃったみたいですね」

すっかり都会の色に染まっているが自分も俺と同じド田舎出身だってことを忘れたわけじゃないよな。なんてことを考えながらジト目で幼馴染を睨《にら》む。

「そういうことだったらゆっくりできる場所に移動しましょうか。いいお店が近くにあるんです。案内しますね！」

完全に無視された。しかも俺をおいてすでに扉の方へと歩き出している。なんて薄情な幼馴染なんだ。涙が出る。

「……そいつは助かる。積もる話もたくさんあるしな」

「私も陣平君に話したいことがたくさんあります。でもその前に。この場で一言だけ言わせてもらってもいいですか？」

足を止め、振り返る環奈。心なしか声のトーンは下がっており、浮かべている笑顔からはプレッシャーを感じる。嫌な予感しかしない。

「……お手柔らかにお願いします」

ごくりと生唾を呑《の》み込みながら言葉を待つ。たっぷり一拍の間を置いてから、環奈は俺に詰め寄るとネクタイをぐっと摑《つか》んでこう言った。

「手紙の一通や二通くらい、送ってくれてもよかったと思うんですけど!? 思うんですけど!?」

大事なことだから二回言いました、と付け足す環奈。

長い睫《まつ》毛《げ》、ぷっくら柔らかそうな桜色の唇。髪からふわり甘い香りが鼻腔《びこう》に届いて心臓がドクンと高鳴る——ってそうじゃない。

書かなかったわけじゃない。書こうとしたことは一度や二度じゃない。ただそのたび筆が止まってしまっただけのこと。なにせ環奈がいなくなってからは代わり映えのしない退屈な日々だったから。

「いやいや！　それを言うなら環奈だって一度も手紙をくれなかったじゃないか。こっちでの生活とか、俺より書けることはたくさんあると思うけど？」

「そ、それは……陣平君から来たら返事を書こうと思っていたんですぅ！」

誤魔化すようにあっかんべぇをする環奈。自分のことを棚に上げて文句を言うとはなんて卑怯《ひきょう》な奴だ。

「はい！　この話は終わりです！　さくさく移動しますよ！　遅れずについてきてくださ

いね！」

「環奈から話を振ってきたのにそれは卑怯――――ってちょ、いきなり走るな！　まだ土地勘ないんだから置いて行かないでくれ！」

慌てて環奈の後を追いながら、しかし過去とは立場がまるで逆になっていることが何故《なぜ》か面白くて嬉《うれ》しくて。自然と笑みが零れる。

「陣平君、何を笑っているんですか？」

「いや、随分立派になったなって思ってさ」

「……それはどこを見て言っているんですか？」

そう言って恥ずかしそうに己の身体《からだ》をさっと両手で隠す環奈。まるで俺がいやらしい目をしているかのような言い方は誤解を招くだけだからやめてほしい。というか胸の前で手をクロスさせているせいでたわわな果実が逆に強調される結果になっているからやめた方がいいと思う。

「……陣平君のエッチ」

「俺は何も言っていないんだけど!?」

理不尽が過ぎる。ただ頬をわずかに赤らめつつ唇を尖《とが》らせている環奈の可愛《かわい》さは幼馴染補正を抜きにしても可愛かった。俺じゃなかったら惚《ほ》れていたな。

「蔵頭露尾《ぞうとうろび》な陣平君も悪くありませんが、ＴＰＯは大事だと思いますよ？　そういうのは二人きりの時にしてください」

「頭も尻もちゃんと隠しているからな！　そもそも幼馴染をそういう目で見るわけないだろうが……」

「むぅ……馬耳東風な陣平君は嫌いです」

何故か拗《す》ねたようにぷいっとそっぽを向いて再び歩き出す環奈。困ったぞ、幼馴染の感情がまったく読めない。もしかして思っていた以上に俺と環奈の間には深い溝があるのかもしれない。

「……まぁこれから埋めていけばいいだけの話だよな」

「もう！　何をしているの、陣平君！　早く来ないと本当に置いていっちゃいますよ！　迷子になっても知りませんからね！」

ぷんすかしている幼馴染をこれ以上怒らせないために、俺は駆け足で彼女の隣へと向かうのだった。

天橋立学園はとにかく広い。

初等部から高等部までの校舎を一つの敷地《しきち》内に収めているため敷地は広大。そのため自分がどこにいるかわからなくって年に数人が遭難するとか。みんなも気を付けるようにねと簾田《みすた》先生は笑いながら話していたが、山の中を歩くわけじゃないので学校の敷地内で遭難なんてありえないだろう。

「まぁ昔から山が友達な陣平君なら仮に遭難してもケロッとした顔で登校してきそうですね」

「言葉に悪意を感じるのは俺の気のせいか？」

環奈《かんな》は優雅に微笑《ほほえ》みながら俺の言葉をスルーする。確かに爺《じい》ちゃんから山での心構えとか万が一遭難した場合の対処法とか散々叩《たた》き込まれているから問題はない。

「まぁ広いのはいいとして、なんで学校の中に噴水があるんだよ。それもどこかの王宮にありそうな無駄に立派なものが。驚きを通り越して戸惑うわ」

靴を履き替えながら俺は外に目を向ける。

校舎を出てすぐのところに設置されている大理石で造られた巨大な噴水。ライトアップしてショーすらできそうな豪奢《ごうしゃ》なものがどうして学校の中にあるのか理解できない。

「当初の予定だと本家顔負けのマーライオンも設置する予定だったらしいですよ。しかも三体。まぁそれはさすがにやりすぎだって止められたみたいですが」

「そりゃ止められるに決まっているって。というか噴水自体作るのは止めなかったのかよ。何を考えているのかさっぱりわからない」

「馬鹿と天才は紙一重って言いますからね。学園長はそういう人なんです。ただ毎年冬になるとやるライトアップショーはとても綺麗《きれい》で有名なんですよ！」

今度一緒に観《み》ようね、と笑顔で言う環奈。まさか本当にショーをやっているとは。俺が生まれ育った田舎では考えられないな。

「ありゃ、ちょっとのんびりしすぎちゃいましたね。少し急がないと！」

この時間はお店が混むんですよね、とスマホで時間を確認しながら環奈は言った。行き先は最寄り駅近くの路地裏にひっそりと佇《たたず》む隠れ家的喫茶店。卵がふわとろなオムライスが絶品でオススメとのことらしいが、俺の意識はそんな話より環奈のスマホに付けられているストラップに集中していた。

「まだ持っていてくれたんだな、そのストラップ」

それは環奈が引っ越す際に俺がプレゼントした手作りストラップ。山で拾った綺麗な石を祖父に手伝ってもらって研磨し、穴をあけてひもを通しただけの武骨な物。ひもこそ変わっているが、幼い俺が〝御守《おまも》り〟と称して彼女に渡した物に間違いなかった。

「捨てるはずないじゃないですか。だってこれは私にとって、とても大切な宝物なんですから」

　言いながらどこか愛《いと》おしそうな表情で宝石を撫《な》でる環奈。てっきりとうの昔に捨てていると思っていたのでそこまで大事にしてくれているのは意外だった。

「陣平君の元を離れてこっちに引っ越してきましたが、私の話し方が少し変なせいなのか友達と呼べるような人は中々できなくて……」

　少しじゃないけどな、という野暮なツッコミを俺は飲み込む。和田も話していたように、時折まざる難解な言葉はこちらでも気味悪がられていたのか。

「そのせいで一人でいることが多かったんですが、陣平君がくれたこの御守りのおかげで頑張ることが出来たんです」

「そう言えば環奈、今社長やっているんだってな。すごいじゃないか」

「えへへ、ありがとうございます。とはいえまだ周りから何を言っているかわからない、何を考えているかもわからないってよく言われるんですけどね」

　そう言ってあははと笑う環奈の顔が悲しそうに見えたのは気のせいではないだろう。十数年という長い間、どれほど大変だったのだろうか。

「なんだそりゃ。くだらないな。何を言っているかわからないなら調べるなり勉強するなりすればいいだけじゃないか。自分の体たらくを棚に上げるなって話だな」

「陣平君《じんぺい》、昔と比べて背は大きくなりましたが中身は全然変わっていないですね。安心しました」

「それは褒めてるのか？　それとも貶《けな》しているのか？」

「フフッ。さぁ、どっちでしょう？」

楽しそうに微笑む環奈。そこはかとなく馬鹿にされているような気がするが、こうしたやり取りは新鮮で俺の口元もつられて緩くなる。

そんな他愛のないやり取りをしながら並んで歩いて校門へと向かっていると、突如時季外れの春一番が吹いた。「きゃっ」と可愛い悲鳴が隣から聞こえたのでそちらに視線を向けると、ひらりとスカートが舞い上がっているのが目に入る。

「……見ましたか？」

顔を真っ赤にした環奈が裾を押さえながら俺へと目を向けてくる。一瞬だけだったが瞼《まぶた》にくっきりと焼き付いたそれはエメラルドグリーンの生地に花柄の刺繍《ししゅう》があしらわれたものだった。

「……すごく可愛いと思います」

「どうして直躬証父《ちょっきゅうしょうふ》に答えるんですか⁉　普通ここは黙秘権を行使するとか誤魔化すところですよ⁉」

ちゃんと質問に答えたのに何故か地団駄を踏む環奈。

「チラッとはいえ見えたのは事実だから嘘《うそ》をついても仕方ないだろう？」

「わかった。方正謹厳《ほうせいきんげん》な陣平君に免じて、喫茶店の代金を全額支払ってくれたら許してあげることにします！」

「不可抗力なのに理不尽な話だけど、お詫《わ》びとお礼を兼ねて全額お支払いさせていただきますよ」

「お礼って何ですかぁ⁉」

叫びながらポカポカと肩を叩いてくる環奈。地味に痛いからやめてほしい。というか周囲から向けられる視線もそろそろ痛くなってきた。このままでは入学初日から心身に甚大《じんだい》なダメージを負いそうだ。誰か助けてくれ。

そんな俺の心の叫びが天に届いたのか。件《くだん》の噴水の方から二つの女子生徒の声が聞こえてきた。

「どうしよう、私のハンカチが……」

「どうしようも何も報告するしかないっしょ」

一人は噴水の縁に手をかけた状態で座り込んでおり、もう一人はその姿を見て肩を竦《すく》めていた。

「……何かあったんですか？」

環奈がじっと黙っているのが気になるがあえて無視して、俺は噴水の前で逡巡《しゅんじゅん》している二人――子犬とその飼い主のような組み合わせ――に声をかけた。

「あっ……いえ、別に大したことじゃないんですけど……」

同じ新入生とはいえ見知らぬ男にいきなり声をかけられたせいもあり、座り込んでいた子犬系女子がますます困惑する。環奈とリボンの色が同じところを見るに隣でため息を吐いている生徒も含めて同級生のようだ。

「気にしないでいいですよ。ホント、大したことじゃないんで。先生か用務員さんを呼んでくれば済む話だからって――ちょっとあんた、何してるの？」

「ほへぇ？　花園《はなぞの》さん、どうして靴を脱いでいるんですか？」

いきなり焦《あせ》った声を出したので視線を追って振り返ってみると、環奈が先ほど履き替えたばかりの革靴だけでなく靴下も脱いでいた。突然の行動に二人組が困惑するのも無理はない。

「だいたいわかりました。先生や用務員さんを呼んでくる必要はありません。私に任せてください！」

「ちょ、花園さん――――!?」

制止を無視して、環奈は噴水の縁に足をかけると躊躇《ためら》うことなく噴水の中へと踏み込んだ。

暖かくなってきているとはいえまだ四月。プール開きは当分先で、噴水に張られている水も冷たいはず。

加えてハンカチが揺蕩《たゆた》っているのはその中心。オブジェからベールのように水が流れている中を突っ切らなければならない。

「ややや、やめてください、花園さん！　今すぐ噴水から上がってください！　風邪ひいちゃいますよぉ！」

子犬系な女子生徒が泣きそうな声で叫ぶが、環奈は一切気にすることなく噴水の中を突き進む。

「やっぱりこうなったかぁ……」

このままいけばずぶ濡《ぬ》れになることは間違いない。俺は肩を竦《すく》めながらポケットにハンカチが入っていることを確認する。焼け石に水だがないよりはましだな。喫茶店もキャンセルして帰宅するしかない。

『花園さん、どうして噴水の中に入っているんだ？』

『頭はいいかもしれないけど何考えているかホントわからないよね』

『正直ちょっと不気味だよねぇ』


なんてことをぼんやり考えていたらいつの間にか噴水の周りには人だかりが出来ていた。何が起きているのか、環奈が何をしているのか理解できずにいるのが大半だ。

だが環奈はそんな周囲の雑音を一切気にせず、頭から水を被《かぶ》りながらもハンカチの元へとたどり着いた。

「よし、無事取れました！　今から戻るのでもう少しだけ待っていてください！」

「気を付けて戻ってくるんだぞ！　転んだりしないようにな！」

ハンカチを掲げながら手を振る環奈。完全にやり遂げた顔をしているので注意するよう声をかけるのだが、

「もう、いつまでも私を子供扱いしないでください！　子供じゃないんだからすってんころりなんてするわけないじゃないですか！」

そう言って環奈は不服そうに頬を膨らませるが、あいにくとフラグにしか聞こえない。

遠足は帰るまでが遠足という言葉の意味を思い出してほしい。

「さくっと帰るので待っていてくださいね、陣平君！　このあとは喫茶店で優雅にお茶を

――って、あふっ⁉」

　バッシャンとド派手な水しぶきを上げながら前のめりに倒れる環奈《かんな》。

　悲鳴を上げる者。あっけにとられる者。やじ馬たちの反応はそれぞれだが、みなドン引きしているという点については共通している。

「……言わんこっちゃない」

　俺は頭を抱えて天を仰ぐ。よりにもよって十点満点の綺麗な転倒を披露するとは。俺の幼馴染《おさななじみ》はやっぱり天才だな。

「うぅ……やっちゃいましたぁ」

　しょんぼりと肩を落としながら環奈が戻ってきた。頭の上にトホホと吹き出しが見えるくらいには落ち込んでいる。水も滴《したた》るイイ女と褒めても慰めにはならないな。とはいえ目当てのハンカチはちゃんと回収してきている辺りは流石《さすが》だ。

「はいはい、お疲れ様。まずは顔を拭いて。俺のブレザーを貸すから自分のはいったん脱いで。そのままだと風邪ひくぞ」

「あっ……ありがとうございます、陣平君――くしゅんっ」

　ぶるっと身体《からだ》を震わせながらくしゃみをする環奈。全身びしょ濡れのまま放置するわけにはいかないし、何よりこの姿は衆人環視の中で晒《さら》し続けていいものじゃない。

顔を逸《そ》らして、なるべく環奈の身体を見ないようにしてブレザーを羽織らせてボタンを留めていく。それはもうしっかりと前が隠れるように完璧に。

「どうしたんですか、陣平君？　どうして顔を逸らすんですか？　心なしか頬が赤くなっているのは気のせいですか？」

俺の行動にキョトンとした表情をする環奈。無防備すぎて心配を通り越して怒りすら湧いてくる。

「……自分が今どんな状態か気付いてくれ」

「？　それってどういう意味…………はぅっ！！？？」

視線を下げ、制服がしっかり濡れていることを確認したところで、ようやくブラウスが透けてエメラルドグリーンの下着が見えていることに気付いたらしい。

湯気が出そうなくらい真っ赤な顔で睨《にら》んでくる。そして唇を尖《とが》らせながら一言。

「……陣平君のエッチ」

「はいはい、もうエッチでもスケッチでも何でもいいから早く噴水から取ってきたものを返してきなさい」

「そうでした！　すっかり忘れるところでした！」

言いながら環奈は噴水の中から取ってきたハンカチを持ち主である子犬系な女子生徒に

差し出した。

「大切な物なんですよね？　もう風に飛ばされないように気を付けてくださいね？」

「えっと、その……あ、ありがとうございます……」

顔を引きつらせながら恐る恐るハンカチを受け取る女子生徒。その顔に浮かぶのは感謝というより困惑。しかも声をかけた時より色濃くなっており、手元に戻ってきて嬉《うれ》しいというより環奈の行動に恐怖すら覚えている風にすら見えた。

けれど環奈はその様子に気付いていない。それどころか満足そうに微笑《ほほえ》んですらいるのでより一層不気味に感じるのかもしれない。

「そ、それじゃ私達はこの辺で。ほら、行くよ！」

「う、うん……」

飼い主系女子の友人が手を引いて足早に立ち去っていく二人。その背中に手を振って見送る環奈。ハプニングはあったけどこれで無事一件落着、と言えたらよかったんだがそうは問屋が卸さない。

「ふぅ……さて、私達もそろそろ行きましょうか——って陣平君⁉　何をしているんですか⁉」

何の前触れもなく、突如として俺が革靴と靴下を脱ぎ、ズボンの裾をたくし上げてから噴水の中へと足を踏み入れたのを見て環奈が素っ頓狂な声を上げる。つい先ほど自分がしたことをもう忘れてしまったのだろうか。

「うわっ、結構冷たいなぁ……」

身体の温度が急激に下がっていくのがわかる。足だけでこれなのだ。全身浸った環奈のことを考えたら急いだほうがよさそうだ。


『いったい何が起きているんだよ……誰か説明してくれ』

『もしかして男の方もやばい奴《やつ》なのか？』

『今年の一年生、大丈夫か？』


新入生の男女が立て続けに奇怪な行動をするのを目の当《ま》たりにしたやじ馬たちは本格的にドン引きして、コソコソと話をしながら三々五々に離れていく。

「何をしているんですか陣平《じんぺい》君！　ハンカチなら私が回収しましたよ⁉　噴水の中には何もありませんよ！」

そうだったらどれだけよかったことかと心の中で呟《つぶや》きながら俺は噴水の中を慎重に進んでいく。

「ま、まさか陣平君……ちょっと見ない間におかしくなってしまったんですか……？」

「昔から変わっていない環奈にだけは言われたくない――っと、よし、見つけた！」

思わず心の中でガッツポーズをしながら、俺は水に沈んでいたスマホを回収して掲げてみせた。

「そ、それは私のスマホ⁉　どうして噴水の中に……⁉」

「転んだ拍子に落ちたんだよ」

バタバタと慌ててポケットを叩《たた》く環奈の様子に苦笑いを零《こぼ》しながら、俺は彼女と同じ轍《てつ》を踏まないように細心の注意を払ってゆっくりと戻る。

「ほら、スマホ。水没したせいで電源がつかなくなっているみたいだから修理に出すか新しいのを買うしかないな」

縁に腰かけて足を拭きながら俺は持ち主と同様にずぶ濡れになったスマホを返した。

「……ありがとうございます。ストラップが無事ならそれでいいです」

「そっか。ならもう落とすんじゃないぞ？」

「はい……気を付けます」

そう言いながら環奈は宝物を大事に抱えるかのようにスマホを胸の前で抱きしめるが、

その肩はしゅんと沈んでいる。その姿はさながら飼い主に叱られて落ち込んでいる大型犬だ。俺はガシガシッと頭を掻《か》いてから靴を履いて幼馴染の手を取って校門に向かう。

「じ、陣平君⁉　どどど、どこに行くんですか？」

突然俺に手を握られて慌てふためく環奈。教室では自分から握ってきたんだからそこまで驚くことはないだろうに。

「どこに行くも何も、濡れたまま家に帰すわけにはいかないだろう？　うちに寄って行けよ」

「じじじ、陣平君⁉　それはどういう意味で言ってるんですか⁉　物事には順序というものが存在していると思いますよ⁉」

俺の提案にジタバタと暴れ出す環奈。耳まで赤くしているが、まさか俺がよからぬことを企《たくら》んでいると考えているわけではあるまいな。

「そのままの意味だよ。俺の住んでいる家はここから近いんだ。制服を乾かして、シャワー浴びて湯船に浸《つ》かって冷えた身体を温めたらいいんじゃないって話」

再会したその日に自宅に連れ込むのは気が引けるがこのまま帰すわけにもいかない。それに喫茶店でしようと思っていた昔話もできる。

「あっ、なるほど……そういうことでしたか。なら先に言ってくれればいいのに」

「まぁ環奈が嫌だって言うなら無理強いはしないけどな。一人暮らしの男の家に来るのは流石に怖いよな？」

「そこは心配していないから大丈夫です。ごめんなさい、陣平君。私、早とちりしちゃったみたいです。そういうことならお言葉に甘えさせてもらいますね！」

「……耳年増《みみどしま》め。何を考えた？」

「そ、それは内緒！　とてもじゃないけどこの場で口に出せることじゃ……って何を言わせるんですか⁉」

俺は何も言っていない。環奈が勝手に自爆しただけだ。なんて口にしたらまたぐるぐるパンチを浴びせられるだけなので俺は口を噤《つぐ》む。

「冗談はこれくらいにして。陣平君は私が嫌がることは絶対にしないって昔から信じているし知っていますから。家に行くことは全く怖くありませんよ」

「……そいつはどうも」

真剣な眼差《まなざ》しで言われたら逆に恥ずかしくなるからやめてほしい。

「さて、それじゃ上京して一人暮らしを始めた陣平君の自宅がどうなっているかチェックしに行くとしましょうか！」

「俺の家で何を探すつもりだ？」

「それはもちろんエッな本です。陣平君の性癖が歪《ゆが》んでいないか確認するのは幼馴染の義務ですからね！」

そんなことをさせるつもりで家に招くわけではないし、そもそもその手の類の本は一切ないので探すだけ無駄である。

「……万が一歪んでいたらどうするんだ？」

「その場合はもちろん私が責任をもって矯正――ってだから何を言わせるんですか!?」

「だから俺は何も言ってないって……」

「グダグダ言ってないで早く行きますよ！」

レッツゴーと拳を掲げて元気よく言う環奈。けれどそれが空元気であることに気付かないわけもなく。どうしたものかと悩みながら俺は環奈と並んで帰路へとつくのだった。

＊＊＊＊＊

俺が借りている部屋は学園から徒歩10分という好立地な場所にある。五階建てのマンションで築年数こそ四半世紀が経過しているが、部屋はフルリノベーションされているので新築のように綺麗《きれい》だ。間取りは男子高校生が一人で暮らすには十分すぎる1K。

近くにスーパーもあるので自炊するにも困らないし、駅まで歩けば複合型のショッピングモールもあるので休日の暇つぶしも出来る。まさに至れり尽くせりな物件である。

「すごい。こんなお家《うち》よく借りられましたね」

家の前で環奈《かんな》が驚くのも当然だ。ここで暮らし始めて数日経《た》つ俺でさえここが我が家という実感が湧いていない。

「もしかして事故物件だったりしませんか？　陣平君、騙《だま》されていませんか？」

「失礼なことを言うんじゃありません。そもそもここは中学の担任の先生の持ち物件なんだよ。それを特別に貸してくれたんだ」

「いやいや。その情報のおかげで驚きが増しましたよ？」

「詳しく聞いたわけじゃないけど不動産投資の一環とかなんとか言ってたかな？」

話半分に聞いていたから覚えていないけど、と付け足しながらエントラスを通ってマンションの中へ。部屋は四階なのでエレベーターに乗り込む。

「薄給で有名な教職業でありながら物件を所有していて不動産投資もしているって……その先生、何者ですか？」

「薄給かどうかは置いておくとして、わかっていることは担任だった葛城《かつらぎ》先生は天橋立《あまのはしだて》学園の卒業生ってことかな」

「葛城？　ＯＧの？　あれ、どこかで聞いたことがあるような、ないような……？」

顎に手を当てて何かを思い出そうとする環奈。もしかして葛城先生って有名人だったりするのだろうか。ただ俺としては今更どうこう言われても、ただの変人って認識は変わりないんだけど。

「中学生の陣平君がどんな感じだったか気になるなぁ。そうだ、卒アル見せてください！」

「別に構わないけど大して面白くないぞ？　それより着いたぞ」

他愛のない話をしているといつの間にか部屋の前に着いていた。鞄《かばん》から鍵を取り出して中へと入る。

「おじゃまします！　それじゃ早速アルバムを拝見！　いや、その前に宝探しかな？」

「待て待て。その前に風呂《ふろ》だろう。いい加減濡《ぬ》れたままだと風邪ひくからな。着替えは用意しておくから浴室に行くぞ」

「アハハ……そうでしたね。楽しみは後に残しておきますね！」

笑顔の環奈を見て連れてきたのは早計だったかと若干後悔しつつ風呂場へ案内する。お湯はりを行い、棚から未使用のタオルを準備する。あわせてドライヤーとコンセントの場所を説明する。

「それじゃ俺は一旦戻るからゆっくり身体《からだ》を温めてくれ。その間に制服を乾かすのと着替えの用意をしておくから」

「うん。何から何までありがとうございます、陣平君」

一転して申し訳なさそうにする環奈。気にするな、とだけ言い残して俺は制服を乾かしている間の服を探しにリビングに戻る。とはいえ女の子が着るような服なんて持っていないからどうしたものか。

「一時間もあれば乾くだろうし、大きめのシャツに適当なズボンでいいか」

この家の洗濯機はファミリー向けの最新のドラム式洗濯機が置かれている。ちなみに用意したのは葛城先生。こんな立派な物はいらないと言ったのだが、

『いいかい、五木《いつき》。洗濯は面倒くさい家事ランキングのトップ3に入るんだ。QOLを上げるには文明の利器の力を借りるのが一番。つまりドラム式洗濯機は最強というわけだよ』

と妙な迫力と共に力説されて押し切られてしまったのだ。一人暮らし向けの家に馬鹿みたいにデカいから搬入も大変だった。やっぱり変人だな、葛城先生は。

なんてことを考えながらタンスから適当に見繕った服を取り出して風呂場へと戻る。その頃には環奈はすでに浴室の中に入っており、シャワーの音と一緒に鼻歌も聞こえてきた。

「環奈、着替えは洗濯機の上に置いておくからな。制服が乾くまで少し我慢してくれ」

「ありがとうございます、陣平君《じんぺい》。そんなに気を遣わないでいいですからね？」

「俺がしたいからやっているんだよ。それじゃごゆっくり」

「いやいや！　待たせるのは申し訳ないので烏《からす》の行水にします！」

シャワーの音が止《や》み、バタバタと慌ただしい音がする。まさかと思ったのと風呂場の扉が開こうとしたのはほぼ同時。俺は咄嗟《とっさ》に扉の前に立って出口を塞ぐ。

「どいてください、陣平君！　これじゃ外に出られません！」

ガンガンと扉を叩く環奈。この状況だけ切り取るとまるでホラー映画のワンシーンだ。ちなみに俺が怨霊《おんりょう》に狩られる側で環奈が狩る側だ。

「出てこなくていいんだよ！　のんびり湯船に浸かってこいって言っているんだ！」

「それじゃ私の気が済みません！　そうだ、陣平君も一緒に入りましょう！　それなら完璧です⁉」

「完璧じゃねぇよ⁉　むしろ悪化してるからな！」

勘弁してくれ。子供の頃ならいざ知らず、年頃の男女が一緒にお風呂に入るのは色々まずいことになるって気付いていないのか。

「俺のことはいいからしっかり温まってこい！　それじゃ！」

環奈が扉を開けるより早く、俺は瞬間移動よろしくリビングへと戻る。こういうことをするために家に連れてきたわけじゃない。

「ホント、勘弁してくれ……」

まだ見慣れない天井を見上げながら独《ひと》り言《ご》ちる。だがこの後すぐに再び浴室からシャワーの音が聞こえてきたので俺はそっと胸を撫《な》で下ろす。

それから数十分後。ドライヤーの音も止み、環奈が風呂場から出てきた。

「お待たせしました。とてもいい湯で身体も温まりました」

「お、おう。それは何よりだ」

お風呂上がりでほんのり上気した肌。しっとりとした髪。俺の用意したシャツは少しサイズが大きかったのか袖はまくっていて裾も余っている。しかし制服の時ですら存在感を主張していた胸元は隠し切れずにむしろ強調される形となってしまい、高校生になったばかりとは思えない艶美な色気を醸《かも》し出す結果になっている。

また下に穿《は》いているのは短パンで、健康的かつ適度な肉付きのある太ももが露《あらわ》になっているのも目によろしくない。

「久しぶりの再会なのに……たくさん気を遣わせちゃってごめんなさい」

しゅんと肩を落としながら俺の隣に腰を下ろす環奈。そこは対面だろうと言いかけるが、十数年前はこうして並んで座るのが常だったので寸前で言葉を呑《の》み込む。

「何度も言っているけど気にしないでいいって。ただいきなり噴水の中に入った時は驚いたけどな」

「あ、あの時は頭と身体が行けって本能に囁《ささや》いたんです！　そうしないといけないって思って、気が付いたら身体が勝手に動いていたんです！」

支離滅裂な弁明をする環奈。普通は本能が訴えるものだろうと心の中でツッコミを入れつつ苦笑いを零《こぼ》す。

「わかってるよ。大方あのハンカチがご両親か祖父母から入学祝いにプレゼントしてもらった大切な物とでも考えたんだろう？　上質な生地にイニシャルも入っていたし」

環奈が噴水の中から回収してきたハンカチ。それを持ち主に返す際にチラッと『Y.K』のアルファベットが見えた。あの子のために誰かが刺繍《ししゅう》を施したのは言うに及ばず。であるならば思いの強い物に違いない。

それを環奈は女の子から事情を聞いた時点で想像したのだろう。彼女の頭の回転速度は常人の三倍以上なので、あることないこと想像して自分の中でストーリーを創ってしまうことが昔もよくあった。周囲から気味悪がられていた理由がこれなのだが、この癖は十数年経《た》った今も直っていないようだ。

「陣平君は昔から本当に私のことをわかってくれていますね。昔と変わってなくて安心しました」

そう言って安堵《あんど》のため息を吐《つ》く環奈。

良かれと思ってしたことなのに逆に相手を困惑させ、得体の知れないモノを見る目を向けられたことに対する孤独と恐怖。あの場で気落ちをしていた原因はやっぱりこれだったか。

「まぁ……あれだ。また同じようなことが起きたら躊躇《ためら》いなく噴水に入るのだけはやめような？　今日みたいにすってんころりんしてずぶ濡れになったら大変だからな」

「陣平君の意地悪……冷汗三斗になるような醜態は二度と晒《さら》しません！」

頬を膨らませながら環奈はぷいっとそっぽを向く。というか噴水の中で転んだのは冷や汗が三斗も出るくらいは恥ずかしかったのか。ならこれ以上触れるのはやめた方がいいな。逆襲が怖い。

「ところで気になったんですけど、どうして陣平君はスマホが噴水の中に落ちたってわかったんですか？　私ですら言われるまで気付かなかったのに……」

「あぁ、環奈が転んで立ち上がろうとした時にポケットからスルッと落ちるのがたまたま見えたんだよ」

〝常に視界は広く持て。いつどこから獲物が現れるかわからないからな〟

山に行った時に爺《じい》ちゃんから口酸《す》っぱく言われたことだ。そのおかげで空間認識力が高くなった。

「それならどうしてその時すぐに教えてくれなかったんですか？　そうすれば陣平君が噴水に入ることもなかったと思うんですけど……？」

確かに環奈の言う通り、気付いた時点でポケットのスマホの有無を確認させておけばよかったかもしれない。

「もしあの場でスマホがないことに気付いたら環奈は冷静でいられた？　慌てずに探せたか？」

「あ、うぅ……それを言われたら自信がありません」

わずかに逡巡《しゅんじゅん》してから環奈はか細い声で答えた。仮にあの場でスマホが――――というよりむしろストラップが――――ないことに環奈が気付いたとしても収拾するどころか事態はさらに悪化していたと思う。

「まぁこれはあくまで結果論だけどな。あの時はただ環奈に早く戻ってきてほしかったんだよ」

「？　どうしてですか？」

「そりゃいつまでもずぶ濡れでいさせるわけにはいかないし、何よりあんな姿を大勢の人に見せるわけには……」

いかない、と言おうとしたところで環奈《かんな》がどこか嬉《うれ》しそうにニヤリと口元を緩めながらずいっと身を寄せてきた。

「それってつまりあれですか？　私のあられもない姿を見ていいのは自分だけってことですか？　しばらく見ない間に随分と独占欲が強くなったんですね！」

「よし、わかった。今すぐその口を閉じようか？」

俺を思わずこめかみを押さえつつ同時に環奈と距離を取る。あられもない姿は好き合っている相手にだけ見せるもので、俺を含めたその他大勢においそれと晒していいものではない。

「わかりました。それでは噴水での話はこれで終わりにしてあげますね」

「……そいつはどうも」

よかった。これ以上追及されたら余計なことを口走りかねないところだった。なんて俺が心の中で安堵のため息を吐いているのを見透かしてか、今度は艶のある笑みを浮かべながら環奈がこんなことを口にした。

「ではそれを踏まえて陣平君。今の私を見て何か言うことはありませんか？」

「唐突にどうした？」

「もう……本当に陣平君は鈍感ですね。今の私は陣平君のシャツを着ているんですよ？　つまり彼シャツってやつですよ？」

「どうですか」と言いながら四《よ》つん這《ば》いになって再びぐいっと身体を寄せてくる環奈。手を床についているせいで胸元に空間が生まれてデコルテラインとその奥にある二つの秘宝が見えそうになっている。俺は思わず視線を逸《そ》らした。

「最後に会ってから十年以上経ちましたからね。私も結構大人になったんですよ？」

「そ、そんなことはわざわざ言わなくてもわかってるよ。というかそういう目で見られるのは嫌なんじゃないのか？」

散々人のことをエッチだなんだと言って蔑んだ人物と同じ発言と行動とは思えない。おかげで俺の頭は深刻なバグを起こす寸前だ。

「それは学校にいたからです！　それにＴＰＯは大事だって言いましたよね？　二人きりの時ならいいんです」

何をしてもね、と妖しく微笑《ほほえ》みながら環奈は口にする。その妖艶《ようえん》な顔付きにゴクリと生唾を呑み込む。可愛《かわい》かった幼馴染《おさななじみ》は知らぬ間に痴女になっていた。だが誘惑に屈するわけにはいかない。俺を信じて家に来てくれたんだ。それを裏切るような真似《まね》は絶対に出来ない。

「フフッ。どうしたんですか、陣平君？　お顔が真っ赤ですよ？」

「う、うるさい！　それ以上近づくな！　少し離れろ！」

「近づいちゃったら……どうなるんですか？」

据え膳食わぬは男の恥ということわざがある。食べてくださいと差し出された膳に手をつけないのは男の恥ということから、女性からの積極的な誘いを受け入れないのは男の恥という意味になった。ちなみに据え膳とはすぐに食べられる状態に用意された食事のことをさし、それが転じて女性からの持ちかけられた情事のことをいう。必死に理性を手放すまいとどうでもいいことを考える。

「そ、それは……」

ダメだ、何も言葉が出てこない。俺の頭はショート寸前だ。

「なん――てね！　冗談ですよぉ！」

「…………環奈さん？」

幼馴染の女の子の名前を呼ぶには相応《ふさわ》しくない殺気の籠った声が思わず口からこぼれる。

だが俺の心情などお構いなしに環奈は立ち上がり、顎に手を当てながらニヤリと口角を上げる。

「陣平《じんぺい》君の理性を試してみただけです。おかげで想像以上に陣平君が初心《うぶ》ってことがわかりました」

そうか、よくわかった。そっちがその気ならこっちだって考えがある。俺も立ち上がってしてやったりの顔をしている幼馴染に宣告する。

「……俺もわかったぞ。制服が乾いたらすぐに家から出ていけ。金輪際この家の敷居《しきい》はまたがせないからな！」

「なっ⁉　どうしてそんなことを言うんですか⁉」

「思春期男子の純情を弄んだからに決まっているだろうが⁉　そういう幼馴染に育てた覚えはありません！」

「全部冗談ですよ⁉　お願いだから拗《す》ねないでください！　機嫌戻して！」

そっぽを向く俺の袖を摑《つか》んで必死に訴えてくる環奈。ここで〝はい、わかった〟とすぐに言えば調子に乗るのは火を見るよりも明らか。少し反省するがいい。

「意地悪なこと言わないで！　もう多分、きっと、maybeしませんから！　昔みたいに陣平君の家でお泊まり会させてくださいよ！」

「お泊まり会なんて絶対にさせないからな⁉」

俺が即答すると環奈は肩をがっしり摑んで「陣平君のいけずぅ！」と叫びながらがくがくと激しく揺らしてくる。

昔もよく環奈のわがままを突っぱねたら決まってこういう風にされたよな、としみじみと思い出しながらお泊まり会をした時のシミュレーションをこっそりと行う。

「……わかりました。テコでもうんって言わないなら私にだって考えがあります。震えて待っていてくださいね、陣平君」

この時の環奈の言葉を俺は適当に聞き流したのだが、翌日そのことを早速後悔することとなる。

＊＊＊＊＊

「陣平君、今日から私もここで住むことにしました！」

「よし、わかった。回れ右して今すぐ帰れ」

大きなスーツケースを手に我が家に押し掛けてきた環奈に対して、俺が即答したのは言うまでもない。

# 第四話　幼馴染が我が家に入り浸るようになったんだが

「これから一日が始まるっていうのに大丈夫かよ、五木《いつき》」

入学してまもなく一週間。教室に着くなり机に突っ伏す俺を見た和田《わだ》が心配と呆《あき》れを足して二で割ったような声で話しかけてきた。脳みそが寝不足だから休めとシュプレヒコールを上げる中、俺は渋々顔を上げて質問に答える。

「あぁ……多分？　少し寝れば一日くらい保《も》つかな？」

「残念ながらそんな時間はもうないんだけどな。というかそんなに一人暮らしは大変なのか？」

「……その件についてはノーコメントだ」

俺の回答になんじゃそりゃと苦笑を零《こぼ》す和田。これ以上話す気はないと言外に主張するべく俺は再び机に突っ伏した。

口が裂けても、天地がひっくり返ったとしても言えるはずがない。俺の家に環奈が入り浸るようになっているなんて。

そうなったきっかけは環奈が学校を休んだ日の夜。その時のやりとりを俺は深いため息を零しながら思い出す。

回想始め

久しぶりに再会してから二日連続で幼馴染を家に上げることになるとは思わなかったが、昨日と違うのは環奈が大荷物を持っている点である。

「相変わらず陣平君は私には甘々ですよね」

「……それはどういう意味かな」

「だって『回れ右して今すぐ帰れ！』って怒ったくせにちゃんと中に入れてくれるし、お茶まで出してくれるじゃないですか。糖分過多で病気になっちゃいますよ」

笑みを零しながら話し、俺が淹《い》れたお茶に口をつける環奈。何気ない所作なのに気品があって見惚《みと》れそうになるのを咳払《せきばら》いで誤魔化す。

「幼馴染のよしみで話くらいは聞いてあげようかなって思っただけだよ」

何かと物事を飛躍して考え、後先考えずに口にしたり行動に移してしまうのが環奈の悪い癖。いつものように間のことを諸々《もろもろ》すっ飛ばした結果が玄関先での言葉なのだろう。

ただ噴水の時とは違い、さすがの俺にも今回ばかりは彼女の真意が全く見えなかったので甚だ不本意ではあるがこうして膝を突き合わせることにしたわけだ。

「それで。こんな時間にスーツケースを持って家に来た本当の理由はなんだ？」

「ん？　本当の理由？」

何を言っているかわからないと言わんばかりにコテッと小首を傾《かし》げる環奈。可愛いけどそれで許すほど俺は優しくない。

「……まさか本気で一緒に暮らすつもりじゃないだろうな？」

「あぁ、そのことですか！　陣平君の家って学園から近いじゃないですか？　仕事とかで夜遅くなることもあるので、そういう時に泊めてもらえたら登校も楽になるかなって思ったんです！」

「俺の家を仮眠室扱いするな」

言いながら俺はジト目を向けるが、社長になった幼馴染はこの程度で怯《ひる》むようなことなく話を続ける。

「それだけじゃありませんよ！　仕事とか取材とかで学校を休むことがあるからノートを写させてもらえたらと思って！」

「俺を便利屋扱いするな。というかノートならコピーして渡すよ。それならわざわざ家に来ることはないよな？」

「いやいや！　そんなことで陣平君の手を煩わせるわけにはいきませんよ！」

コピーするにお金もかかって勿体《もったい》ないし、と環奈《かんな》は続ける。塵《ちり》も積もればというけれど、そのくらいで俺の財布事情が圧迫されることはない。というか俺の精神的には家に来られる方が困る。

だが社長になった幼馴染は渋る俺にさらにプレゼンを続ける。

「私がここに来て作業すれば済む話ですから！　時間もそんなにかからないと思いますし、陣平君は私に気にせずくつろいでくれていいですから！」

「だからお願いします」と両手を合わせて環奈が懇願してくる。

いくら幼馴染といえども一人暮らしをしている健全な高校男児の家に頻繁に足を運ぶのはあまりよろしいことではない。頭では理解しているが心が傾く。そんな俺の思考を読んだのか、環奈はさらに畳みかけてくる。

「それにずっと一人でいるのって寂しいと思うんですよね！　話し相手がいた方がいいと思うんですよね⁉」

ずっと身を乗り出して顔を近づけてくる環奈。その主張には一理あるどころか心当たりしかない。俺が環奈の考えていることがわかるように、どうやらこの十数年の間に環奈も俺の考えていることがわかるようになったようだ。

「それにほら！　私を入り浸らせてくれれば、離れ離れになっていた時間を埋めることもできると思うんですよね！　これって妙案だと思うんですよね！」

「わかった！　わかったからこれ以上近づくな！　環奈の好きにしていいから一旦離れてくれ！」

子供の頃とは違うんだぞ、と心の中で叫ぶ。顔が近いだけならまだしも、甘い香りとかテーブルの上でプルンと跳ねる果実とか。触れたら柔らかそうな肌とか唇とか。五感全てが危険信号を発している。

「やったぁ！　陣平君ならそう言ってくれるって信じていました！」

えへへと微笑《ほほえ》みながら環奈は今にも飛び跳ねそうな勢いで喜ぶ。人の気も知らないで呑《のん》気《き》なものだ。心を読まれたのはたまたまだな。

「それじゃ早速今日の分を見せてくれますか⁉　あっ、でも今日は遅いから明日にした方がいいですかね？」

「そ、そうだな……明日も学校あるしそうした方がいいな。ここから家まで遠いのか？　送って行こうか？」

田舎と違って街灯がたくさんあるので夜道は明るいと言っても女の子が一人で歩くには

少し危ない時間だ。

「ここからだと電車で二十分くらいかな？　そんなに遠くないから大丈夫ですよ。それにパパとママには帰りが遅くなることも伝えてありますし、終電逃したらタクシー使えば大丈夫です」

「いやいや。終電前には帰らせるからな？」

そもそも今日の授業は全て初回だったので写す内容なんてそんなにないからすぐに終わるはずだ。雑談に花を咲かせなければの話だが。

「まぁ万が一の場合に備えてスーツケースの中に部屋着と制服を入れてきたから大丈夫なんですけどね！」

「泊まる気満々かよ⁉　ノート渡すからやっぱり今すぐ帰れ！」

回想終わり

この後ひと悶着《もんちゃく》あったものの、なんとかノートだけを渡して帰宅させることに成功して事なきを得たが、この日を境に環奈は何かにつけて我が家に遊びに来るようになった。

ただ遊びに来ているだけなら許されるかもしれないが、不思議なことに徐々に私物が増えているのだ。

　しかも恐ろしいのがいつ宿泊することになってもいいように布団《ふとん》一式が持ち込まれ、化粧品や歯ブラシ、シャンプーなども置かれ始めているのだ。一体俺はどうすればいいんだ。

「おいおい。朝からそんなグロッキーで大丈夫か？　今日の体力測定でぶっ倒れたりするなよ？」

「……今日は体育の授業があるのか。それまで寝てていいかな？」

　体育があるのは三限目と四限目。朝の二つの授業を体力回復に充《あ》てれば何とかなるだろう。ただその場合はノートが取れないので環奈に頼ることになり、結局寝不足が加速することになるのだが。世の中上手《うま》くできている。

「構わないぜ、と言いたいところだけど先生に怒られても責任はとらないからそのつもりでな」

「手厳しい友人を持てて俺は嬉《うれ》しいよ」

　和田との他愛のない会話が終わったところで俺は視線を環奈へと向ける。優雅に本を読んでいる姿は深窓の令嬢のようで、実に様になっているので是非とも口を開かずにいてもらいたい。そうすればポンな一面を露呈せずに済む。

　我が家に入り浸るようになったとはいえ、環奈とは学園にいる間は可能な限り接触は控えることにしている。幼馴染《おさななじみ》相手に遠慮することはないのだが、環境がそれを許してくれない。

なにせ花園《はなぞの》環奈は現役女子高生社長。対する俺は生まれも育ちもド田舎で何の取り柄もないただの男子高校生。一緒に登下校でもしようものなら即スキャンダルになること間違いなし。環奈の仕事にも多大な影響があるだろうし、俺の高校生活もその瞬間にジ・エンドだ。


『入学式の日にびしょ濡《ぬ》れになった私を自宅に連れ込んでお風呂《ふろ》まで入らせたくせにどの口が言うんですか?』


そんな俺の懸念《けねん》に対して環奈は唇を尖《とが》らせて何故《なぜ》か拗《す》ねてしまった。いつの日かわが家への入り浸りもやめさせたいところだが、それを口にしたら巨大怪獣となって暴れる予感がしたので口にはしなかった。

なんてくだらないことを考えている間に簾田《みすた》先生が元気に教室にやって来てホームルームを始める。体育教師ということもあってか今日は朝から一段とテンションが高い。

「みんなの実力を測るこの瞬間が一番の楽しみなんだよね」

少年漫画に出てくる強敵のようにクフフと微笑む簾田先生。学校の先生がしていい顔ではないが、誰もツッコミを入れないところから察するに気にしたら負けなのだろう。もしくはみんなもこの時を楽しみにしていた可能性もある。考えたくはないが。

「部活見学が始まっているから気になるところがあれば体験入部してみてね。私からの連絡は以上！　くれぐれも居眠り早弁はしないように！　それじゃ体育の授業でまた会おう！」

俺の記憶の中で最も新しい担任と比べてこの人の活力は段違いだ。同世代に見えるのに都会と田舎ではこうも違うのかと本人が聞いたら怒りそうなことを考えながら、俺は一限目の準備に取り掛かるのだった。

＊＊＊＊＊

古今東西、体育は運動部に所属している運動神経がいい者の独壇場だと相場が決まっている。この天橋立《あまのはしだて》学園も例に漏れず、まだ授業が始まっていないにもかかわらず一部の生徒はウォーミングアップをして身体《からだ》を温めている。

「ただの体力測定だっていうのに随分と熱心なんだな、和田《わだ》」

バスケ部に所属している和田もまたその一人。入念なストレッチを行って戦闘態勢を整えている。

これがインターハイの決勝ならこの気合いの入りようも理解できるが、如何《いかん》せんこれから始まるのはただの体力測定。気合いの入れどころがずれている気がする。

「怪我《けが》防止もあるけど、体力測定は一年間でどれだけ自分が成長したか客観的に数値でわかるまたとない機会だからな。手を抜くなんてありえないぜ」

「なるほど。さすがバスケ部次期エース候補。ストイックな考え方だな」

「馬鹿野郎。次期候補じゃなくて新エース候補なんだよ」

そう言ってガハハと笑う和田を無視して俺は周囲に視線を向けて環奈を探す。幼馴染は教室にいる時と同じく一人でぼぉーと突っ立って呑気にあくびをしていた。こちらは緊張感がなさすぎるな。

みんなと同じ長袖長ズボンのジャージ姿のはずなのに目立っている環奈だが、このグラウンドには彼女以上に目立っている女子生徒が存在した。

春先とはいえわずかに肌寒さが残っているが、その生徒は一人だけ半袖短パンという動きやすさを重視した格好をしている。それだけならちょっと暑がりなのかな、で済むのだが彼女が視線を——主に男子生徒の——集めているのには理由がある。

「浅桜《あさくら》に熱視線を送るとは。やっぱり五木《いつき》も男の子だな」

下卑た声で話しかけてくる和田をギロリと睨《にら》みつける。わざわざアップを途中で切り上げてまでこっちに来るな。

「別に熱視線を送っていないし下心丸出しで見ていたわけじゃない」

「惚《とぼ》けることはないぜ？　あんな姿を見せられたら彦星《ひこぼし》だって目を奪われるって」

年に一度しか会えない遠距離恋愛を千年以上続けている夜空の王子様にいくら何でも失礼だろうと心の中でツッコミを入れつつ、俺は改めて視線をグラウンドに向ける。

「……ふぅ」

深呼吸をして呼吸を整えている女子生徒の名前は浅桜奈央《なお》。

中学三年生の時に出場したU18世界陸上選手権大会の女子100mで日本記録タイのタイムをたたき出して初の金メダルをもたらし、将来のオリンピック金メダル候補と言われている天才スプリンター。

肩口で切り揃《そろ》えられた黒髪。秀麗な顔立ちに吊《つ》り上がった目尻が孤高に生きる狼《おおかみ》を連想させる。毎日の練習の賜物《たまもの》か、くっきりとしたくびれに鍛え抜かれた下半身が健康的な美を演出しているが、環奈に勝るとも劣らない果実も実っている。それが動くたびに揺れるので非常に目に悪い。

陸上選手としてずば抜けた才能を持ちながらルックスもスタイルも抜群。天は二物を与えずとはよく言うが浅桜奈央は例外だ。

「よし、もう一本……！」

日差しを浴びてキラキラと輝く汗を拭いながら浅桜が再びアップを始める。徐々に呼吸が乱れ、肌も紅潮していくので体操着姿なのに不健全な艶《なま》めかしさが全身から滲《にじ》み出ている。

『日本女子短距離界の次期エースは体育の授業でも魅せてくれるぜ』
『一度でいいから死ぬ前に鍛え抜かれたあのふとももに挟まれたい……』
『あのけしからん大胸筋でどうしてあんなに速く走れるんだ。素晴らしい』

男たちの欲望にまみれた声が聞こえてくる。気持ちはわからなくはないが、女子達がドン引きしているのでもう少しオブラートに包むなり口には出さないようにするなりした方がいい。

「……なぁ、和田。浅桜っていつもあんな感じなのか？」

短いダッシュを繰り返している浅桜の様子を観察しながら、俺は隣で鼻の下を伸ばして

いる友人に尋ねる。

「あんな感じって言うのはあれか？　ただ走っているだけなのに無駄にエロいのはいつものことかってことか？　それなら答えはもちろんイエスだ。ストレッチ中の無駄にエロい息遣いとか走るたびに揺蕩《たゆた》う胸とか、無意識でやっているであろう腹チラ、エトセトラ……ってどうした？」

「いや、もういい。俺が悪かった」

己の言葉足らずを反省しつつ、俺は意識を浅桜へと向ける。力感なく走る流麗な姿はたとえるなら完成された芸術品。

ただの体育の、それも始まる前のウォーミングアップですらお金を払いたくなるレベルと言っても過言ではないのだが、

「俺の考えすぎだよな……」

一見すると何の異常もないフォームから微《かす》かに感じる違和感。ボタンを一つ掛け違えてしまった程度のなんてことのない違和感。

俺の気にしすぎならそれに越したことはないがもし正しかったら、時間とともにズレは大きくなって致命的なエラーを引き起こしかねない。だがこれが正しいか否《いな》かを判断する材料を俺は持ち合わせていない。

「みんな集合――――！　授業を始めるよぉ！」

パンパンと手を叩きながら簾田先生がグラウンドに現れた。俺は一旦思考を中断してグラウンドの中心へ向かうべく歩き出そうとしたところでふと背後から気配を感じた。振り返るとそこにいたのは――

「……めんどくさい。動きたくない」

けだるそうにベンチの上で器用に体育座りをしながら呑気《のんき》に紙パックジュースを飲んでいる元子役の笹月《ささづき》美佳《みか》だった。

「お腹空《なかす》いたなぁ……早くお昼にならないかなぁ」

自由気ままに生きる猫のように、ぼぉと流れる雲を眺めながら呟《つぶや》く笹月。小柄な体軀《たいく》に似合わず大飯ぐらいなのか、それとも単に朝食を食べてなくて腹ペコなのか定《さだ》かではないが、運動前に空腹なのはさぞきつかろう。

「平然とジュースを飲むとは……中々図太いな」

己の存在感が希薄なのをいいことに好き勝手するのはお行儀がよろしくないが、それをわざわざ簾田先生に報告するほど俺は真面目ではない。別に犯罪というわけではないのでバレないようにやってくれればいい。

「………」

そんなことをぼんやりしながら考えていたせいだろう。どうやら俺は無意識のうちに笹月を凝視していたらしく、バッチリと視線が合ってしまった。ストローを咥《くわ》えたまま、ゆっくりと小首を傾《かし》げる笹月。

「もしかして……見えてる？」

「幽霊じゃあるまいし、見えているに決まっているだろう」

心の底から不思議そうな顔で尋ねてくる笹月に俺は肩を竦《すく》めながら答える。周囲の空気に溶け込んでいるとはいえ、簾田先生やクラスメイト達が彼女のことを認識できていない方がおかしい。

「し、信じられない……」

笹月は珍獣を見つけたような驚愕《きょうがく》を顔に浮かべながら呟くと、そそくさと輪の中へと逃げるように走って行ってしまった。狐《きつね》に抓《つま》まれるとはこのことだな、と内心で自嘲しながら俺は簾田先生に怒られる前に彼女の背中を追った。

「みんな集まったね！　それじゃサクサク測定を始めていくよ！」

「今日一日で全部やらないといけないからね」の言葉を合図に授業が始まる。

測定するのは握力、上体起こし、長座体前屈、反復横跳び、持久走に50ｍ走。立ち幅跳びにハンドボール投げと多種多様。この量を二時間でこなすのはあまりにもタイトスケジユールだ。

「それじゃ男子は50m走から！　女子は立ち幅跳びからいこうか！　持久走、ハンドボール投げが終わったら体育館のB組と入れ替わるように！」

体育の授業は二クラス合同で行われているが、今日はすれ違うことはあっても合流することはないだろう。

「頑張ってくださいね、陣平《じんぺい》君。英俊豪傑であることをみんなに示すまたとないこのチャンス、逃したらダメですよ？」

ぞろぞろとみんなが移動を始めた隙を狙って環奈《かんな》がポンと肩を叩きながら声をかけてきた。

「俺はそんな大それた人間じゃないよ。というか体力測定を何だと思っているんだ？」

「えっと……陣平君のお披露目会？」

「違う。体育の授業を歌舞伎の襲名披露興行と一緒にするな」

披露することなんて何もないし、そもそも田舎育ちで山を走り回っていただけの俺が和田のような現役バリバリの運動部員と勝負して勝てるはずがない。

「フフッ。一時間後に同じことが言えたらいいですね。せいぜい頑張ってください」

「行方不明の情緒を探してこい」

ニヤリと口元に笑みを浮かべながら小悪党が口にするような捨《す》て台詞《ぜりふ》を残して、環奈は俺の元から走り去っていった。

「おいおい。随分と見せつけてくれるじゃねぇか、親友。覚悟の用意は出来ているか？」

環奈と入れ替わるように俺の肩に手をかけながら和田がやってくる。力がこもり過ぎているのと般若《はんにゃ》のような怒りに顔が赤く染まっているのは気のせいだろうか。

「警察に来てもらわないといけなくなるから物騒なことを言わないでくれ。あと見せつけるって何の話だ？」

「花園《はなぞの》環奈とのコソコソ話に決まっているだろうが！　仲睦《なかむつ》まじく肩を寄せ合って密談しやがって……！　いくら幼馴染《おさななじみ》でも適切な距離を保てよな!?」

和田の怒りの抗議に周りにいた男子達がそうだと言わんばかりに首を縦に振って同意を示す。

「話しかけない方がいいとか言っていたのはどこのどいつだ。お前の手のひらはドリルか？」

「それはそれ、これはこれだ。天橋立《あまのはしだて》学園美女ランキング上位に入り、声掛け難易度レベル99の花園環奈と普通にコミュニケーション取れていることに嫉妬するのは当然だ！」

なんだよ、声掛け難易度って。頭が悪すぎる。なんてことを考えているのが顔に出たのだろう、和田《わだ》が聞いてもいないのに解説を始めた。

「ちなみに難易度は全5段階。評価項目は話しかけやすさ、会話の継続率、連絡先の入手率などで決まる。如何《いか》に花園環奈が雲の上の存在かこれでわかっただろう？」

「わかるわけないだろう。というか五段階評価でレベル99はバグを通り越して欠陥だろうが」

「それくらい難しいって表現だよ！　言わせるんじゃねぇ！」

そうだそうだ、と激しくヘッドバンキングをする男子達。愉快な光景だがツッコミ役が俺以外に存在しないのは如何《いかが》なものか。あとそろそろやめないと簾田《みすた》先生に怒られるぞ。

「こらぁ、男子達――――！　喋《しゃべ》ってないでさっさと走る準備をする！　それとも私が適当に記録書いちゃってもいいのかな⁉」

案の定、簾田先生が笑顔で脅迫してきたので俺達は急いで50m走のスタートラインへと移動する。

測定は二人ずつ行われ、俺が一緒に走るのは偶然にも和田になった。

「悪いな、五木《いっき》。この勝負、勝たせてもらうぜ」

「体力測定は勝負じゃないけど、そんな風に言われたら勝ちたくなるな。バスケ部エースのスプリント力、見せてもらおうじゃないか」

断じて挑発に乗せられたわけではない。田舎生まれ田舎育ちの蛙《かわず》の自分が大海を知るにはこれはいい機会だ。

『特待生の運動神経がどんなものか楽しみだな』

『どうせ勉強だけの頭でっかちだろう？』

『負けるなよ、和田！　五木に青春を独占させるなよ！』

外野で騒いでいる声は全部無視して俺は腰を落として和田とともに合図を待つ。集中しろ。山で熊と遭遇した時のことを思い出せ。追いつかれたら死ぬ状況で必死に走って逃げたあの時の感覚を再現するんだ。

「よ――い。スタート」

気の抜けた合図を受けて俺と和田は同時に走り出した。

＊＊＊＊

「クソッタレ！　五木、お前は化け物かよ⁉」

50ｍ走に続けて立ち幅跳び、ハンドボール投げの測定を終えてひと息ついている俺に和田が怒り心頭な様子で声をかけてきた。

「人を化け物呼ばわりするなんて酷《ひど》い奴《やつ》だな。別にこれくらい普通だって」

「俺、何かやっちゃいました？　はファンタジーの世界だから許される台詞《せりふ》なんだよ！

現実じゃやったらだめなんだよ！　自分がたたき出した記録を見てみろ！」

「えっと……50ｍ走が５・７秒でハンドボール投げが60ｍだったか？」

「ふざけるのも大概にしろ！　これが普通ならお前の田舎は人外魔境だ！」

鼻息を荒くして地団駄を踏む和田。人の生まれ故郷を魔王生誕の地のように言うのはあまりにも失礼だと思う。俺の田舎はみんな優しくて自然が豊かな長閑《のどか》な場所だ。

「50ｍ走は競技的な計り方じゃないからある程度の誤差が出るのは仕方がないとしても、ハンドボール投げはやりすぎだぞ！」

「……そうなのか？」

バスケ部エースの記録が40ｍちょっと。これはバスケコートの端から端まで余裕で投げられる数字だ。それよりも俺は遠くに飛ばしたので記録としてはすごいかもしれないが、そこまで騒ぐようなことではない気がする。現に和田以外のみんなは何も言ってこない。

「誰も言わないから俺が代表して言ってやる。お前が出した記録は――」

「――さすが陣平君。しっかりと寡二少双《かじしょうそう》であることを示しましたね」

和田が最後まで言う前に言葉を遮るように俺達の会話に乱入してくる人物が一人。その人物はまるで自分のことのように誇らしげな顔をしていた。

「相変わらず大袈裟《おおげさ》だな、環奈。俺よりすごい奴なんてこの学校にはごまんといるはずだって」

「フフッ。まぁ陣平君がそう思いたいならお好きにどうぞ」

そう言って意味深に微笑《ほほえ》む環奈。釈然としないが俺のモットーは謙虚堅実に生きることなので幼馴染に褒めてもらっても決して増長したりはしない。

「同じクラスに日本女子陸上界の期待の星って言われるような子がいるんだぞ？　俺なんか大したことないって」

言いながら俺は今まさに50ｍの測定に挑もうとしているクラスメイトの女子に視線を向ける。

「おっ、もうすぐ浅桜《あさくら》さんが走るのか！　こいつは見ものだぜ……！」

いつの間にか復活した上に心なしか鼻息を荒くした和田が俺の肩にがしっと腕を回してきた。暑苦しいから離れてほしい。俺はその手をやんわりと払いつつ、無駄に興奮している友人に呆《あき》れながら尋ねる。

「浅桜が走っている姿ならさっきアップをしている時に見ただろう？　そんなにテンション上がるものなのか？」

「バカヤロウ！　アップはあくまでアップ！　準備と本番じゃ全く違うんだよ！　その証拠に見ろ！　あのギャラリーの数を！」

　そう言われて改めて周囲を観察すると驚くべきことに大半の生徒が測定を中断して浅桜の走りに熱い視線を送っていた。

「……冗談だろう？」

「プロ選手のプレーの中には思わず金を払いたくなるものがあるけど、浅桜の走りはまさにそれなんだよ！」

　無料で、しかもこんなに近くで見ていいものじゃないと和田は熱弁する。大袈裟な気もするが、同じアスリートにそこまで言わせる走りがどんなものなのか興味が湧いた。

「環奈はどう思う？　浅桜が走っているところを見たことある？」

「私もこうして直接見るのは初めてなので何とも言えないですね。体育祭でもリレー競技には出ていなかったですし」

「陸上部員のリレーへの参加はご法度《はっと》なところがあるからな。それよりそろそろ走るみたいだぞ。近くに行こうぜ！」

再び和田が肩に腕を回してきて強制的に移動することに。後ろで環奈が苦笑いをしているのが聞こえてくる。

「安心しろ、五木。浅桜さんの走りを観《み》て後悔することは絶対にない」

「それはわかったからまずは離れてくれるか？　落ち着いて観られない」

なんて間抜けなやり取りをしていたら、ようやく浅桜の番が回ってきた。

ゆっくりとスタートラインに立ってクラウチングスタートの構えを取る。その表情は鋭く研ぎ澄まされており、離れていても息が苦しくなるほどの覇気が伝わってくる。隣で一緒に走る女子生徒の顔が青ざめていて気の毒だ。

「位置について……」

すぅと一切のよどみなく腰を上げる。一挙手一投足どころかわずかな息遣いすらも見逃すまいと広いグラウンドに静寂の帳《とばり》が下りる。

「よ――――い、スタート！」

合図と同時にバンッ、と地面が破裂したかのような音を響かせながら浅桜が低い姿勢で走り出す。

陸上において最も速い生物のチーターの走りを映像で見たことがある。獲物に向かって高速で駆けるその姿は息を吞《の》むほど美しくて画面にくぎ付けになった。浅桜の走りがそれと重なって見える。

「……すごいな」

力感のないフォーム。足の回転数。身体《からだ》の軸が全くぶれない体幹の強さ。どれをとっても高校生離れしており、それはまさに走る芸術品のようで俺の口から自然と感嘆の声が零《こぼ》れる。

ゴールを駆け抜け、空を仰ぐその姿もまた絵になっている。ただ一点、右足をトントンと気にする素振りを除いて。

「どうよ？　俺の言った通りだっただろう？」

「あぁ……悔しいけど和田の言う通り、すごいものを観させてもらったよ」

まるで自分の手柄であるかのように得意気な顔をしている友人に内心で苦笑しつつ、けれど事実なので認めるしかないのが実に腹立たしい。

「いやぁ……ホント、何度観ても惚《ほ》れ惚《ぼ》れするよなぁ。これがユニフォームだったらなお良かったんだけど。まぁ体操着もそそるものがあるよな！」

「……お前は何を言っているんだ？」

「フッ……お子ちゃまな五木にはわからないよな。体操着でもたゆんたゆんに揺れていたけど、ユニフォームになれば健康的な腹筋含めて肌色が増えて色気も増すんだぜ？　これを最高と言わずなんという⁉︎」

「最低だな」

「最低ですね」

興奮気味に話す和田に俺と環奈《かんな》の言葉が重なる。呆れて何も言えないというか、戦いに挑むアスリートの正装に欲情するのは如何なものかと思う。

「見てないからそんな反応になるけど、色気マシマシの浅桜さんの走りは控えめに言ってやばいからな？　生の破壊力は凄《すさ》まじいからな？」

「わかったからもう口を閉じろ。そろそろ俺達も次の測定に行くぞ」

これ以上話していても時間の無駄なうえにまだやるべきことは全部終わってない。

「そうですね。では陣平《じんぺい》君、私とペアを組みましょうか！」

「どうしてそうなる？」

突拍子もない環奈の提案に俺は首を傾《かし》げる。ペアを組まないと測定できない種目はなかったような気がするのだが。

「これから行う持久走は二人一組のペアを作ってタイムを計り合うようにと簾田先生が言っていたのを忘れちゃったんですか？」

「あぁ……そう言えばそんなこと言っていたような……？」

それなら環奈ではなく和田《わだ》と組んだ方が色んな意味でいいと思う。その証拠に隣にいる和田の顔が般若《はんにゃ》のごとく歪《ゆが》んでいる。

「そういうわけですから陣平君、私と一緒にペアを組みましょう！　そしてみんなに陣平君が曠世之才《こうせいのさい》であるところを見せつけてやるのです！」

「だから強い言葉を使うなって。逆に弱く見え──ん？」

言いかけたところで不意に後ろからトントンと肩を叩《たた》かれた。誰だ、と振り返ってみると天才アスリートこと浅桜奈央《なお》が立っていた。

「あぁ……五木《いつき》、俺は先に行っているわ」

小さな声で言い残して逃げるように和田は走り去っていった。さっきの下世話な発言を聞かれていたかもしれないことを考えたら無理もない。

「えっと……俺に何か用か？」

「五木陣平君、だよね？　特別何か用があるわけじゃないんだけど50m走ですごい走りをしていたのを見て興味が湧いて話をしてみたくなったんだよ」

言いながら爽やかな笑みを浮かべる浅桜。走り終えたばかりの影響か、わずかに汗が滲《にじ》んでいてそれが首筋を通って胸元に流れているのが同い年とは思えない色香を醸《かも》し出していた。

「別にすごくなんかないって。それこそ浅桜の走りに比べたら天と地くらいの差はあると思うけど?」

「随分と謙遜するんだね。そういう姿勢、私は好きだけど行き過ぎると嫌味になるから気を付けた方がいいよ」

「謙遜しているつもりは全くないんだけど……」

浅桜の指摘に俺は思わず苦笑いをする。今行っているのはあくまで測定であって競技ではない。その道を極めんとするアスリートと勝負したら勝てるはずがない。

「ちなみに言っておくけど、バスケ部のエース候補の和田より足が速い上にボールを遠くまで投げている五木がすごくなかったらこの学校の大半の生徒はすごくないってことになるからね?」

「フッフッフッ……まさにその通り! 陣平君のすごさがわかるとはさすがですね、浅桜さん」

「えっと……いきなりどうしたのかな、花園《はなぞの》さん?」

俺と浅桜の間にぐいっと環奈が割って入ってきた。ただ表情は笑ってこそいるが瞳には光が灯《とも》っていないので怖い。

「私は嬉《うれ》しいんです。陣平君のすごさをちゃんとわかってくれる人が出てきてくれたことが」

「そ、そうなんだ……」

どことなく恍惚《こうこつ》とした様子の環奈に困惑した浅桜が助け船を求めるように俺に視線を送ってくる。ただ悲しいかな、俺としてもこうなってしまった幼馴染《おさななじみ》を止める手段はもちあわせていない。

「昔から思っていましたが、いい加減陣平君は自分が英俊豪傑の逸材であると自覚するべきです！」

「昔から？　もしかして五木と花園さんは子供の頃からの知り合いなの？　あれ、でも花園さんは小学校から学園にいるけど五木は高校からだよね？」

つまりどういうこと、と自分で分析しながら頭の上に大量のはてなマークを浮かべる浅桜。顎に手を当てて小首を傾《かし》げる仕草は小動物みがあって思わず笑みが零れる。

「……陣平君？」

「……なんだよ、環奈？」

さながら幽鬼のようにゆらりと顔を近づけてくる環奈。わずかに残っていたハイライトも完全に消えて深淵《しんえん》のような真っ黒な目で見つめないでほしい。

「ちょっと浅桜さんを見る目がいやらしくないですか？　気のせいですか？」

「……キノセイダトオモウヨ？」

思わず視線を逸《そ》らしたら離れた所でニヒヒと笑っている和田と目が合った。あとで殴る。

「本当ですか？　私の服が透けていた時やシャワー上がりにノーブラワイシャツを着て密着した時とは違う顔をしていますよ？」

「ななな、なにを言い出すんだよ環奈⁉」

唐突に爆弾を投げ込んできた幼馴染に素っ頓狂な声が出る。

「へぇ……意外だね。もしかして二人はそういう関係なの？」

「断じて違う！　浅桜《あさくら》、誤解しないでくれ。俺と環奈はただの幼馴染でそれ以上でも以下でもない！」

俺は身振り手振りを用いて必死に当時の状況を説明するが、話せば話すほど浅桜の表情が艶を帯びていくのは気のせいだと思いたい。あと話している最中にしきりと環奈が割って入ろうとしてくるので口を押さえて静かにさせるのも大変だった。

「入学初日に花園さんが噴水に入ったのは聞いていたけど、その後そんなことがあったんだ。他の男子が聞いたら大変なことになっていたかもね」

「言っておくがやましいことは何もしていないからな？　家に連れてきたのだって濡《ぬ》れたまま帰すわけにはいかなかったからで……」

「陣平君は紳士というかむっつりさんというか……私はウェルカムだっていうのに手を出してくれなくて自信を無くしちゃいました」

「よし、環奈は少しお口にチャックをしておこうな？」

アンニュイなため息を吐く幼馴染の頭にそっと手刀を落とす。口を開けば開くほど俺の努力は水の泡となり、話もややこしいことになる。

「もしかして花園さんってこっち側の人？」

「ん？　どういう意味だ？」

「それは内緒。それより私達もそろそろ移動した方がいいと思うよ。このままだと――」

「このままだと、なんだ？」

「――簾田《みすた》先生に怒られる」

「浅桜の言う通りだ」

しまった、と俺が口にするより先に背後からゴゴゴゴと怒りの効果音とともに簾田先生の声が聞こえてきた。恐る恐る振り返ると顔は笑っているが目は笑っていないという一番怖い表情をしていた。ささっと俺の背中に女子二人が隠れる。俺だけ矢面に立たせるなんて卑怯《ひきょう》だぞ。

「今は授業中だってことを忘れてないよね？　それともイチャイチャを見せつけて出会いのない教職者を煽《あお》っているのかな？」

「いえ、別にそういうわけでは……」

「言い訳は聞きたくありません！　先に走るのは花園さんよね？　さっさとスタート位置に着きなさい！」

簾田先生の誤解を解くべく言い訳をしようとしたのだが、上からさらに畳みかけられてしまい俺達は慌てて移動した。

「記録を狙いたい子は全力で。そうじゃない子は無理せず自分のペースで走るように。それじゃ……よーい、スタート！」

＊＊＊＊

「じ、陣平君……さ、酸素を……酸素を持ってきてくれませんか？」

走り終えて精根尽き果てたのか、環奈はゾンビのようにふらふらとこちらに近づいてくるとそのまま手を伸ばして縋《すが》り付いてきた。

「お疲れ様。よく頑張ったな」

幼馴染に労《ねぎら》いの言葉をかけながら背中を軽くさすってあげる。荒い息遣い、走ったことで火照《ほて》った身体《からだ》。頬を伝って流れる汗が言葉に出来ない色気を感じつつ、疲労で弱々しくなっている姿に庇護《ひご》欲もそそられる。

そんな頭の悪いことを考えているうちに前半組が全員走り終えたようなので、俺はスタートラインへと向かう。その途中、ふとグラウンドを見渡すと浅桜が足を曲げて円を描くように回したり、前屈したりしているのが目に入った。

ごく普通のストレッチをしているはずなのに妙に表情が艶《なま》めかしい上に、たゆんと揺れる果実とか鼠径《そけい》部の際《きわ》どいラインは刺激が強い。何も見なかったことにしよう。

「頑張ってきてくださいね、陣平君。ちなみに高校一年生の１５００ｍの記録は３分44秒です」

「俺は全国トップレベルの陸上選手じゃないぞ？」

「さらに言うなら、高校男子の１５００ｍの記録は３分37秒18です。陣平君、頑張ってください！」

「ちゃんと計ったことはないからわからないけど、まぁ精一杯走ってくるよ」

キラキラと期待の眼差《まなざ》しを向けてくる環奈に俺は苦笑いを返しつつ、同時にそれに応えたいとやる気が沸々と湧いてくる。

「ねぇ、もしかして記録狙うつもり?」

俺が秘《ひそ》かに闘志を滾《たぎ》らせていると、偶然隣にいた浅桜がどこか棘《とげ》のある声で尋ねてきた。表情は険しく、仇敵《きゅうてき》を睨《にら》みつけるかのような視線を向けてくる。

「もちろん。目指すのは自由だろう? 浅桜はどうなんだ? 女子の記録は知らないけど狙わないのか?」

「もちろん、って言いたいところだけど私の専門は短距離だからね。持久走は守備範囲外なの。無理して怪我《けが》もしたくない……とはいえ負ける気はないよ?」

ニヤリと笑う浅桜。その微笑《ほほえ》みは可憐《かれん》とは真逆に位置する、獲物を見つけた獰猛《どうもう》な肉食獣のようなそれ。何事にも貪欲に勝ちを摑《つか》みに行く姿勢はトップアスリートならではといったところだろう。そうじゃなきゃ世界と戦うのは夢のまた夢。

「へぇ……いきなりいい顔になったね。もしかして焚《た》きつけちゃったかな?」

「おかげさまで。俄然《がぜん》やる気が湧いてきたよ」

弱火だった闘志が一気に燃え上がる。我ながら感化されやすい性格だと自嘲するが、いずれ世界の強豪たちと鎬《しのぎ》を削るであろう人の炎の片鱗《へんりん》を見せられたらやる気が漲《みなぎ》るというものだ。

「微力ながら応援してるよ。良いタイムが出たら陸上部にスカウトしてもいいかな?」

「悪いな、中学の恩師と爺《じい》ちゃんから部活には入るなって釘《くぎ》を刺されているんだ。今のうちにお断りさせてもらうよ」

それは残念、と全く残念に思っていない顔で浅桜は言ったところで会話は終わり。いよいよ俺達のスタートの時が近づく。

「後半組のみんな、準備はいいかな？　さっきも言ったけど無理はしないこと。怪我無く走り切ることが一番大事ってことを忘れずに。それじゃいくよ。よーい、スタート！」

パンッと簾田先生が手を叩《たた》くのと同時に俺は一歩を踏み出した。

１５００ｍを３分半で走り切るためには１００ｍを最低でも15秒以内で走らなければならず、全力疾走に近い速度を維持する必要がある。

ただ悲しいかな、俺は陸上に関してはまったくの素人《しろうと》。無駄のない走行フォームとか呼吸法とか知らない上にペース配分もわからない。

「最初から行けるところまで全力で走る！　それしかないよな！」

それ故に俺が取れる選択肢は一つ。すなわち山を走り回って鍛えたフィジカルによるゴリ押しだ。

『速っ⁉　いくらなんでも飛ばしすぎじゃないか⁉』

『クラスに一人は絶対にいるよな。目立つために最初から全力出す馬鹿』

『和田《わだ》ですらもう少し自嘲したっていうのに……体力もたないだろ』

外野から嘲笑が聞こえてくるが気にしない。このくらいで疲れてへたばるようでは爺ちゃんに怒られる。山は過酷なのだ。

「ハァッ、ハァッ……！　思ったより……速いじゃないか！」

すぐ隣から浅桜の称賛混じりの呟《つぶや》きが聞こえてくる。専門種目ではないとはいえ陸上界の星に褒められるのは気分が高揚して一段と足に力がこもる。

「そりゃ、子供の頃から、山の中で熊とかイノシシと命がけの追いかけっこをしているからな……！」

「ハハッ！　何を言っているかさっぱりわからない……！」

他愛のない会話をしながらも俺達は並んで走るのだが徐々に浅桜が遅れ始める。チラッと振り返ると額には大粒の汗が浮かんでおり、表情もどことなく苦しそうに歪《ゆが》んで見えた。オーバーペースが原因なのか、それとも勘が当たったのか。俺は確認するために速度を緩める。

「どうして、スピードを……落とすの？」

さすが陸上部。俺が力を抜いたことに浅桜はすぐに気が付き、わずかに怒気をはらんだ声で尋ねてきた。

「さすがにちょっと飛ばしすぎたかな……ちょっときつくなってきた」

わざとらしい呼吸を乱した演技をしながら言い訳をする。我ながらわかりやすい嘘《うそ》だと思うが、そうとは悟られないようにさらにスピードを落として浅桜の後ろにつく。

そこまでしてわかったのは、やっぱり自分の直感は間違っていなかったということ。ほんのわずかだが、左右で足の出し方が違う。

「キミの本気って……そんなものだったの⁉」

ギリッと歯を食いしばり、怒りをエネルギーに変えて浅桜のギアが再び上がる。無理をするなと背中に手を伸ばして思わず叫びたくなる。

「キミとならいい勝負ができると思ったのに……！」

悲痛な呟きを最後に残して浅桜は一気に加速した。それはさながら短距離のスプリントのようで、俺はその力強くて美しい走りに思わず見惚《みと》れてしまった。

＊＊＊＊＊

「ふぅ……さすがにちょっと疲れたな」

舗装されていない山道に比べてちゃんとしたグラウンドははるかに走りやすかった。全力の三歩ほど手前の力を出したが疲労感はさほどない。これなら本当に記録狙えたかもしれないな。

「それより……浅桜《あさくら》はどこだ？」

額の汗をぬぐいつつ、俺は周囲を見渡して目的の人物を探す。男子より距離が短い上に華麗なラストスパートでとっくにゴールしている。一刻も早く真相を確かめなければ。

「お疲れ様です、陣平君《じんぺいくん》」

ある種の焦燥に駆られている俺の元にねぎらいの言葉とともに環奈《かんな》が優しい笑みを浮かべながらやって来た。

「惜しかったですね。本当に記録を更新するんじゃないかってドキドキしましたよ」

「アハハ……あのまま走れていたら可能性はあったかもな」

「？　走っている最中に何かアクシデントでもあったのですか？　ハッ！　まさかどこか怪我をしたとかですか⁉」

言いながらずいっと顔を近づけてくる環奈。当たらずとも遠からず、察しのいい幼馴染《おさななじみ》に俺は思わず苦笑いを浮かべながら弁明する。

「別に何もなかったよ。仮に何かあったとしても結果を出すのがヒーローってやつで、つまり俺はその器じゃないってことだな」

「そ、そんなことありません！　陣平君はもうすでに誰かのヒーローになっていると思います！」

そのフォローは嬉《うれ》しいような虚《むな》しいような。ただそう言う環奈の頬はわずかに赤みを帯びているのは何故《なぜ》だろう。

「ありがとう、環奈。お世辞でもそう言ってくれて嬉しいよ」

「お世辞じゃありません！　陣平君は昔から私の――」

「測定が終わった人は速やかに体育館に移動するように！　まだ体力測定は終わってないからね！」

環奈の言葉に被《かぶ》せるように簾田《みすた》先生の声がグラウンドに響いた。正直精根尽き果てる三歩手前なので今すぐ教室に戻るかこのまま大の字になって休みたい。そんなことをしたら蹴飛ばされかねないからやらないが。

「はぁ……仕方ありません。陣平君、私達も移動しましょうか」

「あ、あぁ……そうだな――あっ！」

そんな他愛のない会話をしながら歩いているとようやくグラウンドの隅に浅桜を見つけ

ることができた。

専門外と口にしていたが余裕をもって女子トップでゴールしているあたり流石《さすが》の一言に尽きるのだが、走り終えた彼女の表情はどこか苦悶《くもん》に歪んでおり、足を気にするそぶりを見せていた。俺の中で疑惑が確信に変わる。

「……私とのお話し中によそ見とはいい度胸していますね、陣平君？　そんなに浅桜さんが気になるんですか？」

「いや、ただちょっと様子がおかしいなって思っただけで特にやましい気持ちはないからな？」

「なら私との会話に集中してください！　じゃないと拗《す》ねますよ!?　いいんですか!?」

バウワウと環奈に吼《ほ》えられたせいで思考は中断せざるを得なくなる。幼馴染が拗ねたら何をしでかすかわからない。

「さぁ、体育館へ移動しますよ！　後半戦も巍然屹立《ぎぜんきつりつ》なところをたくさん見せてもらいますからね！」

「……勘弁してくれ」

俺の身体《からだ》はボロボロだ、と心の中で叫びながら俺は環奈の後を追って体育館へと向かう。

その間際、もう一度浅桜の姿を確認しようと視線を向けるがすでにそこに彼女の姿はなかった。

＊＊＊＊＊

体育館で残りの種目の測定もそつなくこなしたところで、長かった午前中の授業がようやく終わりを迎えた。

「うぅ……五木《いつき》に全部負けちまった……」

がっくりと肩を落としながらとぼとぼと体育館を後にする和田。何か声をかけた方がいいかと迷っていると環奈に、

『敗者への労《ねぎら》いの言葉は相手にとっては屈辱に思う場合があるのでここはそっとしておくのがいいと思います』

と言われたので俺は心を鬼にして何も言わず、哀愁漂う男の背中を見送った。きっとこれをばねにして強くなるだろう、知らんけど。

「そろそろ私達も戻りましょうか。ぼぉーとしていたらお昼ご飯の時間がなくなってしま

います」

「疲れたぁ」「午後の授業絶対に寝るわぁ」など文句を口にしながらクラスメイト達が体育館から徐々に引きあげていく。環奈の言う通り、俺達もその波に乗って着替えて早く教室に戻らないと空腹の状態で残りの授業を受ける羽目になる。ちなみに笹月《ささづき》は自分の測定が終わるや否《いな》や解散の号令を待たずして早々に姿を消したのでこの場にはいない。

俺としてもその後を追いたいところではあるのだが、どうしても気になることがあった。

それは他でもない、浅桜奈央《なお》。その足の状態。反復横跳びも手を抜いているわけではないだろうが全力を出すのを躊躇《ためら》っている感じがあった。俺の杞憂《きゆう》ならそれに越したことはないが、もし本当は怪我《けが》をしていてそれを周囲に隠しているのなら問題だ。

「……悪い、環奈。先に戻っていてくれ。俺はちょっと用事を思い出した！」

「ちょ、何処《どこ》に行くんですか陣平君⁉」

戸惑いの声を上げる環奈を無視して俺は浅桜の姿を探す。すでに体育館からは出ているが教室とは反対方向のグラウンドに歩いていくのがチラッと見えた。ならば行き先として考えられる最有力候補は――

「――見つけた！」

「え、五木？」

走った甲斐《かい》もあり、予想より早く浅桜に追いつくことが出来た。この先にあるのは陸上部の部室。騒がしい昼休みで人気のない場所を探そうと思ったら部室か体育倉庫、化学準備室などと相場が決まっている。

「血相変えてどうしたの？　私に何か用事でも、変態さん？」

「へ、変態さん？」

突然の罵倒に困惑する。残念ながら俺は脈絡もなく罵られて喜ぶ趣味を持ち合わせていないし、何より浅桜に変態と言われるようなことをした覚えはない。

「持久走の時、わざとスピードを緩めたでしょう？　あれ、私のお尻をガン見するためだったんでしょう？」

「……何を言っているんだ？」

言いながらほんのり頬を赤らめ、唇を尖《とが》らせる浅桜に俺は反射的に聞き返す。仮にそれが事実だとしたら変態のレッテルを貼られるのもやむなしだが、神に誓ってそんなことはない。

「五木は違うと思ったんだけど……結局キミも私の身体が目当てだったんだね。がっかりだよ」

「えっと……ツッコミたいのは山々だけど……まずは落ち着いて俺の話を聞いてくれない

かな？」

「ツッコミたいって……どこまで変態なんだ、キミは！」

「今すぐその口を閉じようか⁉」

どうやら俺は浅桜奈央という女の子を見誤っていたようだ。環奈とは違う意味で脳内がピンク色だったとは。

「ハァ……まぁ今は変態でも何でもいい。一つだけ聞きたいことがある。浅桜、もしかして足を痛めたりしていないか？」

尋ねた瞬間、それまでふざけていた浅桜の表情が一変する。おどけた色は消え、さながら鞘《さや》から抜かれた真剣のように鋭い目つきになる。

「……別にそんなことはないけど？　どうしてそう思うの？」

「いや、持久走の時になんか苦しそうにしていたから……」

「もしかしてそれが途中で手を抜いた理由？」

「手を抜く？　そんなつもりは別に――――！」

ない、と言おうとするよりも前に浅桜がずいっと身体を近づけてくる。加えて顔には怒りの色が浮かんでいた。

「不思議だったんだよね。どうしていきなり私に速度を合わせたのかって。あのまま走っていれば非公式とはいえ記録だって狙えたかもしれなかったのに」

「そ、それは……」

「でもまさか私が足を痛めているんじゃないかとか余計なことを気にして途中で手を抜くなんて……！　私のことを馬鹿にしているの⁉」

ガッと俺の胸倉を掴《つか》みながら感情を露《あら》わにする浅桜。アスリートの矜持《きょうじ》か、それともプライドを傷つけられたと思ったのか定《さだ》かではないが、俺の心配は彼女にとって余計なお世話だったのは間違いない。ただ——

「勘違いしないでくれ。俺は浅桜のことを馬鹿になんてしてない。確かに途中で力を緩めたけど、それもこれも授業が始まる前に足を痛めているんじゃないかって思ったからなんだ」

「……え？」

「何もないならそれでいいんだ。本当に痛みも違和感もないのか？」

俺の質問に浅桜が歯噛《はが》みをしながら俯《うつむ》き、同時に胸元を掴む手の力も緩む。ここが攻め時だと直感し、俺の方もずっと疑問に思っていたことを彼女にぶつける。

「アップをしていた時。50ｍ走を走り終えた時。何かにつけて足を伸ばすような仕草をしていたよな？」

走り終わった後に足を伸ばしたり気にするのは普通のことかもしれない。ただその時の浅桜は不協和音を感じているような表情を浮かべていた。

「あと持久走の後に体育館でやった反復横跳びでも踏ん張りがきいていないように見えたんだ……」

最初は些細《ささい》なことでも放置したら後々取り返しのつかないことになるかもしれない。だから確かめたかった。それが結果的にただの杞憂に終わり〝勝手に勘違いしたお節介な素人《しろうと》〟と言われることになったとしても。

「…………」

すぅと無言で手を離した浅桜《あさくら》はそのまま振り返るといきなり脱兎《だっと》の如《ごと》く駆け出した。さながら突風のようにあっという間にトップスピードへと加速する。

突然の逃走に俺は呆気《あっけ》にとられつつ、日本女子陸上界の至宝のスプリントを目の当《まあ》たりにして感嘆のため息を吐《つ》きたいところだが置いていかれるわけにはいかない。

「ちょっと待て、浅桜！　答えを聞かせてくれ！」

「――――ッツ!?　どうして追いつけるの!?」

ピッタリと後ろに張り付きながら再度尋ねる。まさか追いつかれるとは思わっていなかったのか、浅桜は驚愕《きょうがく》混じりの声音で逆に質問を飛ばしてくる。

UNION POWER

「確かに浅桜は速いけど、熊と追いかけっこした時に比べたらそりゃ……なぁ？」

「熊と追いかけっこ!?　いったい何を言っているんだ!?」

「別に、そのままの意味だけど……？」

昔、一緒に山に入った爺《じい》ちゃんとはぐれたことがあった。ただでさえ心細いのに悪いことは重なるもので熊とバッタリと遭遇してしまったのだ。

これがハチミツの大好きな黄色い奴《やつ》なら友達になれたかもしれないが生憎《あいにく》と現実の熊はそんな優しい存在ではない。むしろその対極の存在。おかげで命がけの鬼ごっこをする羽目になった。

「ちょっと、いつまで追いかけてくるつもり!?　というかキミの体力は底なしなの!?」

「山で鍛えたからな。そんなことよりいい加減止まってくれ！」

俺はもう一段ギアを上げて浅桜の肩に手を伸ばして強引にブレーキをかけさせる。びくっと身体を震わせる浅桜。いきなり触れたことを心の中で謝罪しつつ、俺はもう一度彼女に、今度は少し語気を強めて問いかける。

「本当に違和感はないのか？」

「違和感は………ある。ここ最近、ずっとふとももが少し張っている感じがある」

俺の追及に根負けしたのか浅桜は恐る恐る呟《つぶや》いた。思っていた通りだったと喜ぶべきか、それを誰にも話さずに放置していることを怒るべきか嘆くべきか。

「やっぱり……練習後のケアはちゃんとしているんだよな？」

「それはもちろん。自分なりに出来る範囲でになるけどやってる」

どこか申し訳なさそうに俯きながら話す浅桜。俺の目の前にいるのはオリンピック金メダル候補のトップアスリートではなく、叱られることを怖がるごく普通の女の子だった。

「そういうことなら一つお願いがあるんだけど——俺に浅桜の身体《からだ》のケアをやらせてもらえないかな？」

「…………はい？」

我ながら突拍子もない提案に浅桜もキョトンとした顔になる。無理もない、クラスメイトとはいえ入学してからまともにしゃべったのは今日が初めて。初日から噴水に飛び込むような得体の知れない男にこんなこと言われても戸惑うだけだ。

「やましい気持ちはないし変なことはしない。やるのは至って真面目なマッサージだ」

「……出来るの？　部活にも入っていない、アスリートに縁のないキミが私の身体のケアが」

「自信はある。爺ちゃんのために独学だけど人体について勉強したし、知り合いの整体師にも色々教えてもらったから少しは詳しいつもりだ」

今も現役のマタギとして、狩猟の時期になると山に入っている爺ちゃんはもうすぐ八十になる。歳《とし》をとっても変わらずに活動できるのは若い時から身体のメンテナンスに気を遣ってきたからだと爺ちゃんは言っていた。

「よくわからない男に身体を触られたくない気持ちはわかる。だから断ってくれてもいい。でもその代わり放置だけはしないでくれ」

言いながら俺は頭を下げる。

浅桜の場合、身体は成長途中でありながら出力はすでに日本トップレベル。軽自動車にスポーツカーのエンジンを積んでいるようなもの。これではいつ壊れてもおかしくはない。そして一度壊れたら元の状態に戻すことはほぼ不可能だ。

「……わかった。そこまで言うならお願いする。だから頭を上げて」

言われた通りにすると、降参だよと言わんばかりに浅桜はため息を吐きながら肩を竦《すく》めていた。

「本当にいいのか、浅桜？」

「いきなり『足のケアをやらせてもらえないかな』って言われたら誰だって不気味に思うでしょ？　というか普通ならドン引きだよ」

「それはまぁ……確かにそうだな」

思い立ったが吉日、思考をすっ飛ばして行動に移す環奈《かんな》と同じようなことをしていることに今更ながらに気付いて反省する。

「でも誰にも言ってない足の違和感を見抜かれたことは紛れもない事実だからね。ただ少しでも変なことをしたらぶん殴って警察に突き出すからそのつもりで」

「そんなことは絶対にしないって誓うよ」

「ハァ……その言葉、信じるからね。それじゃついてきて」

浅桜に案内される形で女子陸上部の部室に入る。その中は意外と広く、トレーニング機器こそないもののストレッチ用のマットなどが配備されていた。これなら横になってマッサージが出来そうだ。

「そもそも冷静に考えたら、昼休みに誰もいない部室に男の子を連れ込むのってなんか卑《ひ》猥《わい》だよね」

浅桜はどこか倒錯的な笑みを浮かべながらテキパキとマットを広げて床に敷いていく。

俺に変なことはするなと口酸《す》っぱく言っておきながら、よからぬ妄想をしているんじゃないだろうな。俺は状況に流されるような軟弱な精神の持ち主ではない。

「体育の授業終わりっていうシチュエーションもまたいいよね。汗で透けそうで透けていない体操着も実にそそる！」

「………」

頭の中で〝早く逃げろ〟と警報が鳴り響く。ストイックでカッコいいアスリート系女子だと思っていたら脳内はお花畑でピンク一色とでもいうのか。

「さて。なんとなくマットを敷いたんだけど私はどうすればいいかな？」

「そ、それじゃその上にうつぶせになってもらえるかな？　まずは触診して状態を確かめるから」

「触診……フフッ、いいね。ゾクゾクしてきた。お手柔らかに頼むよ、五木《いっき》」

こちらにやましい気持ちがあることを疑ったり、変なことをしたらぶん殴って警察に突き出すとか言っていた人と同じ人物とは思えない艶媚《えんび》な声で浅桜が囁《ささや》く。

ドクンと脈打つ心臓。俺は動揺を悟られないように一度深呼吸をしてから無防備な浅桜の身体に手を伸ばす。

「……っあ、ぁんっ！」

背筋に電流が走るような甘美な声が浅桜の口から洩《も》れる。俺はざわつく心に蓋をして、無心で彼女の身体のケアに全神経を注ぐのであった。

結局この後、昼休みが終わるギリギリまでマッサージを行い、俺と浅桜は急いで着替えを済ませて何とか授業が始まる前に教室に戻った。環奈にジト目を向けられたのは想定内だったが、

『浅桜さんの様子、おかしくないか？』
『なんか表情がスッキリしているよな。いいことでもあったのかな？』
『肌にも艶が出ているというかなんて言うか……色気が増してないか？』

浅桜の変化に気付いたクラスメイト達が一体昼休みの間に何があったのかとざわつくとは思わなかった。

NAO ASAKURA

# 浅桜奈央

PROFILE

- 身長：163cm
- 誕生日：6月14日
- 血液型：O型
- 家族構成：父・母・弟

MEMO

日本女子短距離界の期待の新星。他の追随を許さない実力と妖艶なプロポーションから、周囲から遠巻きにされ孤立してしまっていた。陣平のマッサージにほれ込みマネージャーになるよう迫ってくるようになった

# 第五話　私のこと、見えてるの？

昼休みを目一杯使って浅桜にマッサージを行ったせいで昼飯を食べそびれた俺は、空腹と激しい戦いを繰り広げながらなんとか午後の授業を乗り切った。

これもひとえに浅桜の身体がガチガチに硬かったせいだ。アスリートにとって身体の柔軟性は欠かせないのに爺ちゃんより酷《ひど》かった。

ただ裏を返せばここを改善すればさらに記録が伸びる可能性がある。まさに可能性の塊、さすが日本女子陸上界の期待の星と言ったところか。

「ねぇ、五木。少しいいかな？」

終礼が終わった放課後の教室。クラスメイト達が帰宅するなり部活に向かうなりと動き出す中、話題の陸上部のエース様が声をかけてきた。

ちなみにこの場に環奈の姿はもうない。簾田《みすた》先生の話が終わるなり足早に教室から出て行った。その直後に届いたメッセージには、

『陣平《じんぺい》君、ごめんなさい！　今日は仕事があって帰りが遅くなるので先に夕飯を食べていてください！』

と書かれていた。日を追うごとに俺の家を自分の家だと思い込むようになっているのが気になるところではあるが、とりあえず俺は手短に返事を送った。

『わかった。仕事頑張ってこいよ』

『それはそうと。今日の昼休みは誰とどこで何をしていたんですか？　その辺りのことは帰ったら聞かせてもらうのでそのつもりで！』

恋人の浮気《うわき》を疑うかのような内容に頭を抱えた。どこで何をしようと俺の自由なはずなのにどうして環奈に説明しなければならないのか。とはいえ昼休みに浅桜《あさくら》にしたことを素直に話したら炎上するのは想像がつく。

「ぼぉーとしているけど大丈夫？　私の声、聞こえてる？」

そんなことを考えて黙っていたら心配した浅桜が俺の顔を覗《のぞ》き込んできた。突然の急接近に椅子から転げ落ちそうになる。意外と睫毛《まつげ》が長いとか、柑橘《かんきつ》系の爽やかないい香りがしたとか知らなかった情報の処理に脳がシャットダウンしかける。

「本当に大丈夫？　私から話しかけておいて言うのもなんだけど日を改めた方がよかったりする？」

「だ、大丈夫。ちょっと考え事をしていただけだから。それより俺に何か用か？」

動揺していることを悟られないように、一度咳払《せきばら》いをしてから浅桜に尋ねた。それにしても環奈といい浅桜といい、もう少し距離感について考えてほしいものだ。

「五木、陸上部に入らない？　選手としてじゃなくてマネージャーとして」

「……はい？」

俺の口から呆《ほう》けた声が漏れる。選手として誘うならわからないでもないが、よりにもよってどうしてマネージャーなんだ。

「お爺《じい》ちゃんと中学校の担任の先生から部活には絶対に入るなって言われたのはさっき聞いたけど、それって選手としてだよね？」

「確かにそうだけど、俺に裏方の仕事は務まらないぞ？」

「フフッ。そこの心配はしなくても大丈夫。マネージャーと言ってもそう難しく考える必要はないよ。やってもらうのは主に私のお世話だから」

教室に残っていた生徒達の視線が一斉に俺と浅桜に向けられる。そこに当然のように憎《ぞう》悪《お》の感情が込められているのは勘弁願いたい。

「お世話って……どういう意味だ？　俺を飼い主にでもするつもりか？」

「アハハハッ！　それじゃ私は陣平の飼い犬ってところかな？　ご主人様って呼んだ方がいいかな？」

くぅんと甘えた声を出す浅桜。背筋に悪寒が走る。このままここにいたら命の危機だと俺の本能が訴えてくる。

「なぁ、浅桜。今すぐ帰っていいか？　いいよな？　さては俺を社会的に殺そうと企《たくら》んでいるわけじゃないよな？」

「私なりの小粋なジョークのつもりだったんだけど……まぁ冗談はこれくらいにして、五木にお願いしたいのは練習後の私のケアだよ」

「なるほど……そういうことか」

「他の子のタイムを計ったり、練習器具を準備したり、陸上部の全般の裏方仕事はしなくていいから。あくまで私の専属マネージャーとして入部してくれないかな？」

浅桜が懇願するかのように口にした瞬間、教室から音が消えて静まり返る。いずれ日本女子陸上界の歴史を塗り替えるであろう逸材からの申し出は光栄以外の何ものでもない。

「午後の授業中に色々考えたんだけど、やっぱり自分でやるより五木にお願いした方がいいかなって結論に至ったんだよね！」

「余計なことを考えてないで授業に集中した方がいいと思うぞ？」

ついでに言わせてもらうならそんな結論は今すぐ廃棄処理してほしい。俺のやったことは見様見真似《みようみまね》、専門家ではないので何かあっても責任は取れない。

「そういうわけだから五木、私の専属マネージャーになってくれないかな？　キミがいれば私の記録はまだまだ伸びると思う。ううん、絶対に伸びるって確信してる！」

バンッ、と俺の机を叩《たた》きながら訴えてくる浅桜。目と鼻の先で二つの果実がたゆんと揺れるのを観賞するのは精神衛生上よろしくない。とはいえ俺の答えは考えるまでもなく決まっている。

「ごめん、浅桜。ありがたい話であるけど俺には荷が重すぎる。悪いけど他をあたってくれ」

「へぇ……即答で断るんだ」

意外と、浅桜は心の底からそう思っている顔をして呟《つぶや》く。体育の授業終わりに唐突に声をかけるくらいだから一も二もなく首を縦に振るとでも思っていたのだろうか。

「私の身体《からだ》を隅々までじっくりと舐《な》め回すように見ることができて、好きなように好きなだけ触れるんだよ？　それを断るつもり？」

信じられない、と呆《あき》れたと言わんばかりに肩を竦《すく》める浅桜。静寂だった教室に喧噪《けんそう》が蘇《よみがえ》り、さらに怒りと憎しみが肥大化した視線を向けられて、俺のSAN値がゴリゴリと削られていく。

「誤解を招くような言い方をするな。俺は悪徳マッサージ師じゃない。というかそういう言い方をするなら専属マネージャーの件はなおさらお断りだ」

「アハハ、さすがに悪ノリが過ぎちゃったね。謝るから拗《す》ねないで？」

「拗ねてないし怒ってない。だからこの話はここで終わり！」

強引に話を終わらせて俺は席から立ち上がる。これ以上話しても埒《らち》が明かないし、このまま話していたらなし崩し的に彼女の専属マネージャーにされそうで怖い。

「むぅ……わかった。今日のところは引き下がるとするよ。でも五木、私は簡単には諦めないからね」

覚悟してね、と不敵な笑みを残して浅桜は颯爽《さっそう》と教室から走り去っていった。その背中を見送りながら俺は深いため息を吐《つ》く。人の振り見てなんとやら、反面教師、これからは考えなしに行動するのは控えよう。

そう固い決意をしながら学園を後にした俺は、その足で近所のスーパーへと向かった。

環奈《かんな》の帰りが何時になるかわからないとはいえ二人分の夕飯は作っておくに越したことはない。そう自然に考えるようになっていることに我ながら戦慄する。これでは一緒に暮らしているようなものだ。

「はぁ……爺ちゃんと山に入りたいなぁ」

まだまだ慣れない都会での一人暮らし。環奈が入り浸るようになって日に日に彼女の私物が増えているのは頭の痛い問題だがおかげで寂しさは軽減されている。

とはいえホームシックになっているのは否《いな》めない。無心になれる大自然が身近にないのがここまで辛《つら》いとは。

「ゴールデンウィーク、下手すれば夏休みまで我慢しないといけないのか……」

ため息とともに独り言《ひとりご》ちるが、弱気になってはダメだし爺ちゃんに怒られるので頭を振って無理やり思考を切り替える。

「はぁ……お腹空《なかす》いたなぁ……」

「ん？　あそこにいるのはもしかして……笹月《ささづき》か？」

スーパーの入り口付近で天橋立《あまのはしだて》学園の制服を着た一人の女の子がぼぉーと空を眺めていた。

ゆるふわなウェーブのかかったロングヘアに猫のようなぱっちりとした縦長の瞳。その色は百万人に一人の割合でしか存在しないといわれているブラウンとブルーのオッドアイ。ビスクドールのような精巧な容姿と相まってミステリアスな空気を纏《まと》っている美女。

何故《なぜ》か常に気配が薄いが、彼女のことは娯楽の少ない田舎で育った俺でも名前だけは知っている有名人。その名を笹月美佳《みか》。

「このままだと……お腹と背中がくっつきそう……」

演技なし。本気の涙混じりの声で呟く笹月の姿に俺は困惑する。

三歳で子役として芸能界デビュー。八歳の時にドラマで主演を果たし、主題歌を担当。それが大ヒットとなり年末の歌番組に出演して最年少記録を樹立。

その後も声優やハリウッド映画に出演するなど活躍の場を広げていき、〝日本国民の愛《まな》娘《むすめ》〟と呼ばれるに至ったのだが、何故か高校入学を機にすべての活動を休止して世間が涙を流したとか。ちなみに余談だが、ここまで俺が詳しい理由は大のつくファンである爺ちゃんの影響である。

「中に入らずに何をしているんだ？」

そんな天才女優がしゅんと肩を竦めながら、ドアの前でちょこんと体育座りをして空を眺めているのは異常事態に他ならない。まさか自動ドアが反応してくれなくて入りたくても店の中に入れない、なんてことは流石《さすが》にないよな。

「……見なかったことにしよう」

見て見ぬふりをするのは心苦しくはあるが、クラスメイトとはいえ不用意に声をかけたら面倒なことになる気がしたので俺は気付かないふりをして素通りすることに決める。

「あっ、五木《いつき》……！」

そう思った矢先に目が合ってしまった。長年待ち続けた飼い主を見つけたかのような顔でてくてくと近づいてくる。逃げよう、そう思って振り返るのと笹月に袖を掴《つか》まれたのはほぼ同時。おかしい、まだそれなりに離れていたはずなのに一瞬で距離を詰められた。瞬間移動をしたとでもいうのか。

「私のこと見えているよね？　お願い……助けて、五木」

袖をギュッと掴みながら悲痛な声と表情で訴えてくる笹月。そのあまりの真剣さに俺は速攻で白旗をあげて話を聞くことにした。

「わかった。俺でよければ力になるよ。だから袖を離してくれると助かる」

「……逃げない？」

うるうると瞳を潤ませながら尋ねてくる笹月。前言撤回。これは飼い主の帰りを待っているのではなく常に一緒にいたがる子犬だ。

「逃げない。逃げないからそんな顔をするな」

言いながら俺はぽんぽんと笹月の頭を撫《な》でる。子供の頃、まだ遊びたいとか一緒にいたいとわがままをいう環奈をあやした感覚を思い出す。泣き喚《わめ》きこそしなかったが毎日大変だった。

「助けてくれって言っていたけど、俺は何をしたらいいんだ？」

「すごく簡単。私の食材調達を手伝ってほしい」

「要するに買い物ってことか。一人で持ちきれないくらいの量を買うつもりなのか？」

そうじゃなかったら助けなんて求めないはず。だが俺の問いかけに笹月は何を言っているかわからないと言わんばかりにキョトンとしながら、

「？　私は食いしん坊じゃないよ。二、三日分買っても一人で持って帰れるくらいしか買わない」

「それならどうして俺に助けを求めたんだ？」

「これには海よりも深いわけがある」

聞くも涙、話すも涙と大袈裟《おおげさ》な前振りをしてから笹月は自分の特異な能力について話し始めた。

「五木も知っていると思うけど私は三歳の時に芸能界に入って活動している。巷《ちまた》では天才子役とか日本国民の愛娘とか呼ばれてチヤホヤもされてる」

えっへんと胸を張りながらドヤ顔をする笹月。気持ちはわかるが買い物時で人の出入りが激しい店の入り口でやることではない。

「だからじゃないけど、父と母からはスキャンダルはご法度《はっと》だって毎日耳にタコができるくらい言われてきた」

多感な子供時代とはいえ芸能人。ＳＮＳが普及しているこのご時世では、些細《ささい》なことであっても何かあればすぐに炎上してしまうのでご両親の気持ちもわからないでもない。

「そのせいで私はいつの間にか気配を消して空気みたいになるのが異常に上手《うま》くなっていた」

「なるほど……笹月の気配が薄いのはそれが理由か」

「おかげでこうやって街を歩いていてもファンに気付かれたことは一度もない。今では影が薄いを通り越して透明人間になっちゃった」

体育の授業が始まる前に呑気《のんき》にジュースを飲んだりして好き勝手できたのはこのせいか。思い返せば入学式の後に教室で行った自己紹介の時も簾田《みすた》先生に自分の存在をアピールしていたな。

「この特殊能力のせいで日常生活では買い物もまともにできないし、学校で友達は一人もできたことがない。店に入りたくても自動ドアも反応してくれない」

まさか本当に店の中に入れないのはドアが開かないからだとは思わなかった。俺は内心で頭を抱えながら言葉を絞り出す。

「……その特殊能力とやらはオンオフの切り替えは出来ないのか？」

「出来たらこんな苦労してない」

しゅんと肩を落としながら悲しそうな声で笹月は呟いた。

笹月は環奈のように気味悪がられて虐《いじ》められていたわけではない。でも俺には彼女の落ち込んでいる姿が仲間の輪に入れずに寂しそうにしていた昔の環奈と重なって見えた。だからだろうか俺は自然とこんなことを口にしていた。

「買い物はともかく、俺でよければ友達になるよ」

俺の言葉に笹月は大きく目を見開いて驚愕《きょうがく》してから慌てたように俯《うつむ》いてしまった。もしかして嫌だったのかと内心で凹《へこ》んでいたら再び袖を掴まれる。

「……友達になるかは考えてあげる」

顔を上げながらそう口にする笹月は満面の笑みを浮かべ、瞳には今にも雫《しずく》が溢《あふ》れそうになっていた。

「そっかぁ……ダメかぁ」

「安心して。引き続き検討はしてあげるから。それより今は買い物の方が大事。ところん付き合ってもらうから覚悟するように」

言いながら買い物をするために俺の袖を引っ張り、スーパーの中へとズカズカと入っていく笹月。懸念《けねん》していた自動ドアはちゃんと開閉した。これなら俺はお役御免になるんじゃないか。

「こんなのはまだまだ序の口。油断せずに行こう」

どこかの眼鏡をかけたテニス部部長のような台詞《せりふ》を口にしながら、買い物カートにカゴを載せた笹月は早速食材の物色を始める。

「ところで一つ聞きたいことがあるんだけど……笹月って料理は出来るのか？」

「……それはどういう意味？　さては私のことを馬鹿にしてるの？」

俺の問いに新鮮な野菜を吟味していた笹月がむっと頰を膨らませる。怖いというより子供が精いっぱい怒っているような微笑《ほほえ》ましさがあって思わず笑みが零《こぼ》れそうになるのをすんでのところで堪《こら》える。

「私はこう見えても女優。いつどんな役のオファーが来てもいいように母から色々仕込まれている。ケガをしたらダメだから普段は父と母から禁止されているけど」

「えっと……つまりどういうことだ？」

「花嫁修業はバッチリ、ってこと」

そう言いながらえっへんとドヤ顔をする笹月。さすが日本国民の愛娘と言われるだけのことはある。いちいち仕草が小型犬のように愛らしい。

「そういうことなら安心だな。料理はからっきしな幼馴染《おさななじみ》も見習ってほしいもんだよ」

俺の家に入り浸るようになった環奈が一度だけ台所に立ったことがあるのだが、その時の光景といったら筆舌に尽くしがたいものだった。惨劇。惨状。血のバレンタイン。俺の目の黒いうちは彼女を一人で台所に立たせるつもりはない。

「なんか意外。完全無欠の花園《はなぞの》環奈にも弱点があったなんて」

「そうか？　確かに環奈は社長ですごいけど、俺からしたらちょっと変わった至って普通の女の子だよ」

「素面《しらふ》でそんな恥ずかしい台詞をサラッと言える五木は役者の才能があるかも。今度マネージャー紹介するね」

「……真顔で言うのはやめてくれ。冗談かどうか判断できなくなる」

部活はおろか浅桜《あさくら》の専属マネージャーの件も断っているのだから芸能事務所ともなればなおさらだ。そもそも俺に演技の才能なんて大層なものはない。

「それはさておき。五木、私からも一つ質問してもいい？」

「さておかないでほしいところだけど……なんだ？」

「どうして五木は私を見つけることが出来たの？」

笹月《ささづき》曰《いわ》く、気配を消す力を身に付けてからというもの存在に気付ける者は身内を除けば担当マネージャーくらいだという。

「体育の授業が始まる前に目が合ったけど、もしかして五木は最初から私の存在に気付いていたよね？」

「最初っていうのがいつのことを指すのかにもよるけど、俺が初めて笹月を見たのは入学式が終わって教室に移動した後だよ」

「やっぱり……何となくそんな気はしてた。五木はどこでそんな超能力を身に付けたの？」

「超能力って大袈裟なもんじゃないよ。気配が薄いなぁとは思っていたけど、普通に気付いていたよ」

言葉が通じていないのか、キョトンとした顔で首を傾《かし》げる笹月。おかしい、俺は別に変なことを言ったつもりはないのだが伝わらなかったのか。

「俺の爺《じい》ちゃんは猟師でさ。子供の頃から一緒に山に入って狩りの手伝いをしていたんだ。そこで獲物の気配の察知の仕方とか逆に自分の気配の消し方とか仕込まれたんだ」

山に入って狩りをする。言葉にすれば簡単だが、命のやり取りはそんな生易しいものではない。武器を持っていようが一歩間違えれば死ぬ。それが猟師という仕事だと爺ちゃんは口癖のように言っていた。

「獲物が残したわずかな痕跡を辿《たど》りながら気配を探って見つけて、こちらの気配を気取られないように細心の注意を払いつつ一撃で仕留める。失敗すれば逃げられるし、場合によっては反撃してくることもある。だから山に入る時は絶対に気を抜くなって」

特に山に棲息《せいそく》する動物の中で最も獰猛《どうもう》かつ恐怖の象徴たる熊を相手にする場合は気配を察知する、あるいは身を隠すスキルは必須というわけである。

「なるほど。つまり五木にとって私は動物ってこと？」

「誰もそんな風に言っていないと思うが？」

「もしくは五木はハワイで親父《おやじ》に色々教えてもらった高校生探偵ってことだね」

顎に手を当てて瞳をキラリと輝かせる笹月。名推理を披露したつもりになっているところ申し訳ないが掠《かす》りもしていない。眠らされる前のポンコツ親父だ。

「……うん。違うけどそういうことでいいや」

「ねぇ、五木。もしかして今も気配薄くしたりしてる？　ヴァニシングしてる？」

環奈《かんな》が四字熟語なら笹月は英語なのか、と心の中でツッコミを入れながら俺は苦笑交じりにこくりと頷《うなず》く。

「今は笹月に合わせて気配を消してる。そうじゃないと一人で喋《しゃべ》っているやばい奴《やつ》になるだろう？」

「それは確かに。ならつまりこの世界に私達は存在していないって……ことぉ？」

「むしろこの世界には俺達しかいないとも言えるな」

「……五木《いつき》って意外とロマンチストだね」

そう言って笹月はすたこらさっさとカートを押して野菜コーナーからお肉コーナーへと駆けて行った。店の中を走ったら危ないぞと声をかけながら俺も後を追う。

「そういえば大事なことを聞いてなかった。夕飯は何を作る予定なんだ？」

「うむっ。よくぞ聞いてくれた。今晩のディナーは麻婆豆腐《マーボードウフ》だよ！」

言いながら笹月は豚ひき肉のパックを手にニヤリと口角を吊《つ》り上げる。ここまでで彼女がカゴに入れた食材は生姜《しょうが》、にんにく、ネギ、木綿豆腐。最初からそのつもりだったということか。

「あとは調味料を買えば完璧」

「随分と凝るんだな。市販の素を買えば簡単に済むだろうに」

「そこは気分の問題。久しぶりの手料理だし麻婆豆腐は大好きだから気合い入れて作ろうかと。それに普段は食べさせてくれないから」

笹月曰く、激辛料理が大好きなのだが、両親に刺激物は喉によくなく、さらにキャラクター的にもNGとのことで止められていると悲しそうに話してくれた。

「そっか……大変なんだな、女優も」

「そう。すごく大変。だからたまにはストレス解消をしないと――」

「まぁ可愛《かわい》らしい外見とは裏腹に激辛好きはギャップがあって俺はいいと思うぞ」

「……人誑《たら》し」

何故《なぜ》か顔を真っ赤にしながらか細い声で言うと、笹月は俺のすねに一発蹴りを入れてから再びそそくさと歩き出してしまった。しかも今度はカートを放置して。

「ちょっと待て、笹月！　荷物をほったらかしにして行くな！」

「今から五木は私の雑用係。早くこっちに来て」

理不尽なことを口にしながら店内を進む笹月を見失わないように、俺は慌ててカートを押してその後を追う。

「ハァ……まさか五木がどうしようもないすけこましだったとは。人は見かけによらないね」

「なんか言ったか、笹月？」

「買い物に付き合ってくれたお礼をしてあげようかなって言ったんだよ」

絶対に嘘《うそ》だとわかってはいるものの、触れたら面倒なことになりそうなので話に乗っかることにした。

「お礼って……もしかして麻婆豆腐を作ってくれるのか？」

「うん。私を見つけてくれたお礼をさせてほしい。だから五木には特別に夕飯を振る舞ってあげる」

「光栄です、ありがとうございます」

「うむ。苦しゅうない。気分が良《い》いから今日から通い妻になってあげてもいい」

さすがに通い妻は遠慮したい、と言おうとしたら途端に笹月が悲しそうな顔をするのですんでのところで言葉を呑《の》み込む。演技の可能性もあるがそれを考えるのはせんなきことだ。

「そ、それじゃお言葉に甘えさせてもらおうかな。ちなみに通い妻ってことは俺ん家《ち》に来るんだよな？」

「もちのろん。五木は一人暮らしなんでしょ？　男子高校生の一人暮らしでまともにご飯を食べているはずがないから今日は贅沢《ぜいたく》させてあげる」

そこはかとなく馬鹿にされている気がしないでもないがあえて言及はするまい。日本国民の愛娘《まなむすめ》様の手料理、堪能《たんのう》させてもらおうじゃないか。

なんて他愛のない話をしながら添え物の中華スープの材料や、食後のデザートのアイスを入れていく。誰にも気取られていないからいいものの、これではまるで同棲《どうせい》中のカップルのお忍びデートだ。

「さて、五木。そろそろ私が一人でスーパーの中に入れなかった最大の理由をついに教えてあげる」

「そう言えばそんな話があったたな。買い物に夢中ですっかり忘れてたよ」

「大事なことなのに忘れるなんて信じられないけど、時間がないから教えてあげる。ズバリ——お会計だよ」

深刻な声で何故かドヤ顔でそう口にする笹月。存在を認識されない笹月の特異体質なら確かにお会計は入店なんて比にはならないだろう。

「いや、そこまで言うほどのことじゃないだろう。毎朝簾田《みすた》先生が出席を確認する時のように自己アピールすればなんとでもなるんじゃないか？」

「そうしたら私がこの周辺に住んでいることが世間にバレちゃう。それはそれで由々しき問題」

「あぁ……休業中とはいえ女優だもんな。まぁでもこのスーパーならそこまで気にしなくても大丈夫だと思うぞ」

「むむっ。女優の生活圏が知られることがどれほど危険か五木はわかってない。私が透明人間になれなかったら今頃ここはパニックに――ってあれは……」

「お次でお待ちのお客様、奥のレジが空いております！」

長い旅路の果てにようやくたどり着いた会計エリア。テキパキとレジ打ちをする店員さんのすぐ近くには客自らが商品のバーコードをスキャンして会計まで行っている。

「セルフレジ……だと？」

驚愕《きょうがく》し、がっくりとその場で膝から崩れ落ちる笹月。女優というより芸人のような百点満点のリアクションに我慢が出来ずに思わず俺は吹き出してしまった。無論、その後立ち直った笹月にポカポカと叩《たた》かれたのは言うまでもない。

＊＊＊＊

紆余曲折《うよきょくせつ》あったがなんとか無事に買い物を終えた俺と笹月は並んで家路についていた。思いの外店内で過ごしていたらしく、すっかり日も暮れて少し肌寒さを感じるまでになっていた。とはいえ田舎と比べたら全然暖かいのだが。

「なぁ、笹月。本当に家に来るのか？」

俺はもう一度、最後の悪あがきとして笹月に確認を取る。

「この期《ご》に及んでまだそんなことを言うの？　もしかして五木は私の手料理が食べたくないの？」

「いや、別にそういうわけじゃ……」

「それとも家に行ったら都合が悪いの？　ちなみに私の家は散らかっているのでダメ。でも片づけ手伝ってくれるなら今度招待してあげてもいいよ」

人の話を全く聞かず、それどころか俺を体のいい労働力にする気満々の笹月の言葉に頭を抱えたくなる。

「もしかして五木って花園《はなぞの》環奈とお付き合いしてる？」

「……どうしてそういう話になる？」

「私はこう見えてもそれなりに可愛いと思う。そんな子が手料理を振る舞うために自分の家に来ることになったら喜びと緊張で頭が沸騰するはず。漫画の主人公なら」

「現実は違うってことだな」

「でも五木の態度は真逆。私を自宅に連れ込めない事情があるみたい」

鋭いな。ごく稀《まれ》に覚醒するポンコツ探偵みたいだ。俺は黙って笹月の推理を聞くことにした。たった一つの真実を見抜くことが果たしてできるだろうか。

「学園で五木が最も親しい女の子は花園環奈。ここから導き出せることは、五木と花園環奈はすでに付き合っていて半ば同棲状態になっている。だから修羅場になるから私を家に招きたくない。違う?」

「ハハハ。残念だった名探偵。俺が環奈と付き合っている? 半同棲状態? 面白い話だけど証拠がない」

「それなら私が家に行っても問題ないよね? ないよね?」

「……もちろんだ。俺は一度もダメとは言ってないからな」

一瞬の間はなに、とジト目を向けてくる笹月《ささづき》をあえて無視する。大丈夫、今日の環奈は帰りが遅くなると言っていた。ようは環奈が入り浸りに来る前に笹月を帰宅させれば何の問題もない。世は全てこともなしだ。

そんな言い訳を自分にしつつ、名探偵の追及を無視して歩くこと数分。ようやく愛《いと》しの我が家が見えてきた。まだひと月も住んでいないのにそう思えるのは果たしていいことなのか。

「ねぇ、五木。色々考えているところ申し訳ないんだけどあれは何?」

「なんだよ、藪《やぶ》から棒に。まさか俺の家を馬鹿にしているのか? 外見はちょっと古いけど中はそれなりに新しいんだぞ?」

「そうじゃなくて。あそこにいるのって花園環奈《かんな》と浅桜奈央《あさくらなお》じゃない？」

「ハハハ。そんな馬鹿な。浅桜は部活だし、環奈は帰りが遅くなるってメッセージが来ていたからいるはずが――――」

ない、と言い切ろうとしたとき、俺の視界に飛び込んできたのは見知った顔の二人の女の子が俺の部屋の前でにらみ合っている姿だった。

「どうして環奈と浅桜がいるんだよ⁉　仕事は⁉　部活はどうしたんだよ⁉」

「なんか見るからに険悪な空気がこっちまで漂っている。もしかしなくてもあれは修羅場ってやつだね」

「落ち着いている場合か！　笹月、今すぐここから離れるんだ。二人に気付かれる前に早く――――！」

透明人間とはいえ気付かれる可能性はゼロではない。万が一俺が笹月と一緒に帰宅したことが知られたら――――浅桜はともかく環奈は――――間違いなく面倒なことになる。できることなら俺も回れ右をしたいところだが、

「あっ！　陣平《じんぺい》君！」

「一緒にいるのってもしかして笹月美佳《みか》？　どうして五木と一緒に？」

あたふたとしていたら速攻で気付かれてしまった。塀から身を乗り出してこちらに手を

振ってくる環奈。その表情が徐々に笑顔から険しいものへと変化していく。ちなみに隣にいる浅桜は苦笑交じりに肩を竦《すく》めている。さて、どうしたものかと考えていると胸ポケットのスマホがブブッと振動した。

「も、もしもし……」

『いつまでそこでぼぉーと突っ立っているつもりですか、陣平君？　早くこっちに来たらどうです？』

「そ、それは……」

口調こそ穏やかだが、そこに含まれている感情は全く以《もっ》て読み取れない。故に不気味で、背筋に嫌な汗が流れる。

『それともこっちに来られない理由でもあるんですか？　そうですね、例えば……買い物袋を手にしている笹月さんと一緒にいるから、とか？』

怖い、怖い、怖い！　どこからそんな底冷えするような声を出したんだ。いや、それよりも笹月の存在がバレていることの方が問題だ。俺は一級フラグ建築士になった覚えはないぞ。

「多分二人して動揺したせいだと思う。もしくは花園環奈の野生の勘。浅桜奈央も多分気付いていると思うけど……あれも多分直感」

笹月が顎に手を当てながら呟《つぶや》く。名探偵モードが継続中なのはありがたいが、せっかくなら推理するより今は打開策を提示してほしい。このままでは平穏な夕食時に悲惨な血の雨が降りかねない。

「諦めてお縄につこう、五木《いっき》。大丈夫、実刑は免《まぬが》れるよう私も頑張って弁護するから」

「この時点で有罪確定なのか⁉」

『フフフッ。さぁ、陣平君。早くこっちに来てください。浅桜さんの件も含めて色々お話聞かせていただきますからね？』

「…………はい、わかりました」

幼馴染《おさななじみ》の圧力に観念した俺は力なく答えて電話を切る。これが社長業で身に付けた能力とでもいうのか。

がっくしと落ち込む俺の肩に笹月がポンと手を置きながら「さぁ、行こうか」と自首してきた犯人に寄りそうベテラン刑事のような言葉を口にする。他人事《ひとごと》な顔をしているが、自分も環奈に追及される側だということを忘れないでほしい。

「大船に乗った気持ちでいるといい。私がビシッと言って『はい、論破』ってしてあげるから」

「……不安しかない」

どこにそんな自信があるのかわからないが、ドンッと胸を張る笹月に一抹の不安を覚えながら俺達は環奈と浅桜が待つ四階へと向かう。どうして自分の家に帰るのに緊張しないといけないのだろうか。

「お帰りなさい、陣平君。そしてこんばんは、笹月さん。こんなところでお会いするなんて奇遇ですね」

「こ、こんばんは……です」

さっきまであったはずの笹月の威勢は環奈の笑顔の前に一瞬で消滅したらしい。か細い声で挨拶を返すと天敵から身を隠す小動物かの如《ごと》く俺の背中に隠れてしまった。

「やぁ、五木。さっきぶりだね」

アルカイックスマイルを浮かべながら浅桜が気さくに声をかけてきた。この場にいるのが最も不思議かつ不気味なので俺は肩を竦めながら尋ねる。

「やぁ、じゃない。どうして浅桜がここにいるんだ？」

部活が終わる時間にしては少し早い気がする。足の状態を考慮して休んだならまだしも、サボったわけじゃあるまいな。

「それはもちろん、簾田先生に住所を聞いたからだよ。あの人、陸上部のコーチでもあるから〝五木陣平を専属マネージャーにするために説得したいので住所教えてください〟って言ったら簡単に教えてくれたよ」

「あの学園の情報セキュリティはどうなっているんだよ⁉」

プライバシーがあってないようなもの――と言ったら語弊があるかもしれないが――な田舎の学校と違って天橋立《あまのはしだて》学園は大都会にある学校。いくらクラスメイトとはいえ、簡単に個人情報を他人に教えるのはダメだと思う。

「あの時五木が素直に首を縦に振っていれば私はこの場にいなかったよ」

「断ったその日のうちに自宅に押し掛けてくる方がどうかしている」

「フフフッ。随分と楽しそうなお話をしていますね、陣平君、浅桜さん」

浅桜との会話に辟易《へきえき》としているところにニュルリと環奈が割って入ってくる。これが平時ならありがたい助け舟になるのだが、あいにくと今は非常事態宣言下。顔は笑っているが目は笑っていない幼馴染をどうにかしなくては。

「聞きましたよ、陣平君。日本のみならず世界の名だたるスポーツトレーナーがその座を狙っている浅桜さんの専属マネージャーをご本人から打診をされるなんて。まさに海内無双です」

「……えっと、環奈さん？」

口元に笑みを浮かべながら喋《しゃべ》っている女の子が実は環奈のドッペルゲンガーで別人だ

と言われても信じてしまいそうになる。そんな恐怖を覚える。

「笹月さんの気配も感知できるようですね。フフッ、本当に陣平君は凄《すご》いですね。さすが、私の自慢の幼馴染です」

爺《じい》ちゃんとはぐれて一人山をさまよっている時に遭遇した熊より環奈の方が怖いと感じる日が来るなんて。熊相手なら全力ダッシュで振り切れるが、この場から逃走してもここ以外に帰ってくる場所はない。まさに詰み。

「それじゃ陣平君。とりあえずここの鍵を渡していただけますか？」

「……はい」

有無を言わせぬ圧力に抗《あらが》う力はすでになく、言われるがままカバンから家の鍵を取り出して環奈に手渡す。

「ありがとうございます。さて、家主の陣平君には申し訳ありませんが少しお外で待っていてください」

「何をするつもりだ？」

「安心してください。変なことはしませんから。ただちょっと三人でお話をするだけですから」

環奈の言葉に浅桜の瞳がギラリと光り、笹月がビクンと肩を震わせながら俺の袖をギュッと摑《つか》む。

「浅桜さん、笹月さん。どうぞこちらへ。ゆっくりお茶でも飲みながら今後についてお話ししましょう」

「なるほど、そう来たか……いいよ、これからどうするか三人で存分に話し合おうじゃないか」

「わ、わかった。そういうことなら私も参加する」

俺には幼馴染が何を考えているのか皆目見当がつかないが、どうやら二人は環奈が何をしようとしているのか察したらしい。

「フフッ。さすが、話が早くて助かります」

そう言いながら環奈はまるで自宅かのように鍵を開けると浅桜と笹月さんを連れて中へと入って行った。最後にガチャリと鍵が閉まる音のおまけ付きで。

「完全に締め出しかよ。俺の家なのにこんな仕打ちはあんまりだ……」

全身から力が抜けて扉の前にへたり込みながら俺はため息まじりに独《ひと》り言《ご》ちる。

「風邪をひくのが先か、扉が開くのが先か。RTAの始まりだな」

空を真っ赤に染める夕焼けを眺めながら、突如始まった女子会が早く終わることを祈るのだった。

MIKA SASADUKI

## 笹月美佳

PROFILE

- 身長：153cm
- 誕生日：7月26日
- 血液型：AB型
- 家族構成：父・母

MEMO

“国民の孫”と称される人気女優。現在は学業に集中するため休業中。子供のころからスキャンダルを避けるため空気を演じていたところ、演技が上手すぎて存在感が皆無になってしまった。陣平だけはその気配を察知できる

# 幕間　同盟結成

私こと花園《はなぞの》環奈は家主不在の幼馴染の家で二人の女の子と相対している。どちらも世間に名の知れた有名人でかつ絶世と形容するに相応《ふさわ》しい美女である。

「こうしてちゃんと話すのは初めてですよね？　ずっと同じ学園に通っているのになんだか不思議な気分です」

「確か花園さんも中学からだよね？　私も同じ。笹月《ささづき》さんは小学生からだっけ？」

「そう。親に無理やり入れられた。でも二人と同じクラスになったのは今回が初めて。接点がないのは当然」

天橋立学園は小学校から大学までエスカレーター式のマンモス校。当然生徒数も多いので顔と名前は知っているが一度も話したことがない同級生はごまんといる。

「それより花園環奈。そろそろ本題に入らない？　いつまでも五木を外に置いておくのはかわいそう」

「笹月さんの言う通りだね。花園さん、キミの狙いはなんだい？」

鋭い視線を向けながら尋ねてくる浅桜《あさくら》さん。さすがコンマ数秒が勝敗を分ける世界で戦っている人なだけあって尋常じゃない威圧感です。もし私が一般人だったら涙目になっていたかもしれません。

「フフッ。ここに来て察しが悪いですね、浅桜さん。何故《なぜ》私が陣平《じんぺい》君を蚊帳《かや》の外にしてまでお二人をここに招いたのかわかりませんか？」

「もちろんわかっているとも。五木が誰のモノか白黒はっきりさせるために私と笹月さんを家に上げたんだろう？　というかここ、本当に五木の家なのか？　明らかに女物の服とか小物があるんだけど？」

「やっぱり私の推理は当たっていた。五木と花園環奈《かんな》は同棲《どうせい》している！　あれ、それならこの勝負は成立しないのでは？」

顎に手を当てて思案する笹月さんに浅桜さんが「確かにそうだね」と頷《うなず》きつつ殺気まじりの瞳で私を睨《にら》んでくる。

「早とちりしないでください。笹月さんのおっしゃる通り、私はこの家に入り浸っていますがお二人と勝負をする気はありません」

「一気に話が見えなくなってきた上にツッコミたいこともあるけど、つまりどういうことかな？」

「もしかして勝負するまでもない、諦めてさっさと消え失《う》せろって言う宣告？」

「物騒なこと言わないでください、笹月さん。確かに私と陣平君は連理之枝《れんりのえだ》な関係であることは否定しませんが、かといってお二人に消えろだなんて言いません。むしろその逆です」

浅桜さんと笹月さんが揃《そろ》って頭の上にクエスチョンマークを浮かべながら小首を傾《かし》げる。いけませんね、ついいつもの癖で言葉足らずになってしまいました。陣平君が聞いていたら呆《あき》れられているところです。私は一つ咳払《せきばら》いをしてから改めてこの会合を開いた真意を説明する。

「つまりですね、私達三人で同盟を結びませんか？　陣平君を共有財産とするための同盟を」

「「！！？？」」

驚愕《きょうがく》に目を見開く二人をあえて無視して私は話を続ける。

「何故そんなことを言うのかと疑問に思うことでしょう。答えは簡単です。少なからず私達は陣平君に救われた経験があるからです」

陣平君と同じ田舎で暮らしていた頃。他の子達と比べて少し変わっていた私はいじめに近いものを受けていた。子供故の容赦のない言葉の刃《やいば》や暴力、そして独りぼっちの寂しさから毎日泣いている私を助けてくれたのが他でもない、陣平君だった。

「私の言葉遣いや話し方に唯一理解を示し、傍《そば》にいてくれたかけがえのない幼馴染《おさななじみ》。それが陣平君なんです。今の私があるのは彼のおかげなんです」

「なるほどね。花園さんの言っている意味がようやくわかったよ。そういうことなら私も五木《いつき》が初めての男の子だったかな」

体育の授業の時、些細《ささい》な違和感を陣平君に見抜かれた。下心なく自分のことをちゃんと見てくれて、その上身体《からだ》の状態の把握からケアまでしてくれた人は初めてだったと浅桜さんは話した。

「何かしら目的があって近づいてくる人ばかりだったから、いきなり声をかけられたときは驚いたけど。でもだからこそ私は五木をパートナーにしたいと思ったんだよね」

「どうして浅桜さんは誤解を招くような言い方をするんですか？　それともわざとですか？」

「フフフ。そこは花園さんのご想像にお任せするよ。それより笹月さんは？　五木に何をされたの？」

「……別に何も。ただ五木は私のことを見つけてくれただけ。そして友達になってくれるって言っただけ。でも私にとってはどっちも初めての人」

そう言ってお茶をすする笹月さん。空気を読んで浅桜さんの口振りを真似《まね》たのでしょうがそんなことをする必要はないんですよ、という心の中でツッコミを入れていることを顔に出す。だが笹月さんは意に介さず話を続ける。

「学校でも外でも存在感がほとんどない私を当たり前のように見つけてくれるのは五木だけ。だから……今日限りで手放したくない」

「私も笹月さんと一緒かな。五木みたいな人は希少どころか絶滅危惧種だからね。花園さんの申し出は願ったり叶《かな》ったりだよ」

今にも泣きそうな、切実な声で訴えるように話す笹月さん。そんな彼女の肩をポンと叩《たた》きながら浅桜が言葉を引き継いだ。

「そう言っていただけて何よりです。竜戦虎争《りゅうせんこそう》の果てには必ず悲劇が待っていると歴史が証明しています。ですから改めて〝誰かの陣平君〟にするのではなく、いっそのこと〝私達の陣平君〟にする。そのための同盟を結びませんか？」

私達三人は似た者同士だった。浅桜さんと家の前で遭遇し、少し話を聞いた瞬間にもしかしてと思い、陣平君が笹月さんと一緒に帰って来たのを見た瞬間に私はこの話を思いついた。

「いいね、とても素晴らしい提案だと思うよ。さすが現役女子高生社長」

「もちろん賛成しかない。ありがとう、花園環奈」

「ありがとうございます。ではとりあえず今日のところはこの辺にして、具体的な共有案については後日ゆっくりと時間を取って決めていきましょうか」

いい加減陣平君を部屋の中に呼んであげないと凍えて風邪をひいてしまいますからね。体調を崩して弱っている陣平君を手取り足取りナニ取り看護するというのも悪くない話ではありますが。

なんて本人が聞いたら怒りそうなことを考えながら私達は三人揃って玄関に向かい、扉を開いて家主を向かい入れるのだった。

＊＊＊＊

屋外で放置されることしばらく。ようやく我が家の扉が開き、俺は三人の美女に出迎えられる形で帰宅することが出来た。

「お待たせしました、陣平君。今からご飯を作ると遅くなってしまうので今夜は出前にしませんか？」

「話し合いが無事に終わったみたいで何よりだ。そして終わったなら早く帰ってくれ。ご飯のことは気にしないでいいから」

カバンをベッドに放り投げながら身体も一緒に飛び込もうとしたら、それより先に笹月がぽふっと座ってしまった。ここはあなたの家でもなければあなたの寝床でもないんですが。

「みんなで夕食か。親睦を深められるしありだね。この人数ならピザとかがいいんじゃないかな？」

何食わぬ顔で話しながら笹月の隣に腰かける浅桜。俺のベッドをイス代わりにするな。あと勝手に話を進めるな。

「私はお腹《なか》ペコペコだから何でもいい」

心なしか寂しそうな声で呟《つぶや》く笹月。気持ちはわかる。本当なら麻婆豆腐《マーボードウフ》を作る予定だったからな。そのために食材買ったのに無駄になったらげんなりするのも当然だ。

「その代わり、明日は私が五木に麻婆豆腐を作るから二人は邪魔しないで。明日は適当に外で食べてきて」

「……んん？」

頬を膨らませながら主張する笹月。俺の勘違いでなければその発言で部屋の温度が急激に下がった。しかも背後にそれぞれ般若《はんにゃ》、竜、虎を従えて三人がバチバチと激しい火花を散らしている。

「笹月さん、その話はご飯を食べながら決めましょうね？　とりあえず今夜はピザということで。陣平君もいいですね？」

「一応聞かせてもらうけど、俺に拒否権はあるのか？」

「フフッ。残念ながらありません！」

「……そうだと思いました」

満開の桜のような可憐《かれん》な笑顔で環奈にそう言われて俺はため息を吐《つ》く。

一人暮らしをしている男子高校生の家にクラスどころか学園全体でもトップクラスの美女三人が押し掛けているという状況は傍《はた》から見れば天国に見えるだろう。だが実際のところは家主なのに肩身が狭い地獄のような環境だ。

「それでは何を頼むかサクサクと決めていきましょう！　まずはサイドメニューからですね！」

「私はサラダが欲しいかな。笹月さんは何がいい？」

「そうだね……サイドメニューといえばポテトは外せないよね」

結局この後三人はやいのやいのと話し合い、注文するまで三十分以上かかった。言うまでもなく、その間俺は完全に蚊帳の外。ただ楽しそうに話をしている三人を見て不思議と

嫌な気持ちになることはなかった。

# 第六話　波乱が起きる気しかしないお泊まり会

五月初旬。上京してから一ヶ月が経過し、高校生活にもだいぶ慣れてきたこの時期に訪れるもの。それは学生から社会人まで変わらない、新しい環境で頑張ってきた者達に与えられる黄金の日々。すなわちゴールデンウィークである。

「はぁ……何が大型連休だチクショウ！　俺にとってはただの地獄の日々だっての！」

明日から始まる希望の日々とは真逆の暗い感情を、ドンっと机を両拳で叩きながら吐き出す和田《わだ》。昼食時で教室内が騒がしくなかったら何事かと視線が向けられていたことだろう。

「そんなに大変なのか、バスケ部の練習は？」

「大変なんてもんじゃねぇよ。文字通り血反吐《ちへど》を吐くような練習漬けの毎日だよ。約束された絶望の五日間が待っていると思うと夜も眠れねぇよ」

「さすが名門バスケ部だな。頑張れよ」

俺は唐揚げを頬張りながら期待の一年生エース殿にささやかなエールを送る。何だかんだと文句を言っているが、この男のことだからケロッとした顔で乗り切ることだろう。むしろヘロヘロになっている先輩たちを煽《あお》りそうだ。

「この野郎！　他人事《ひとごと》だからって呑気《のんき》に言いやがって……ってかそういう五木はどうなんだよ？　この休み中に実家に帰ったりしないのか？」

「そうしたいのは山々なんだけど帰らないよ。というか帰ってくるなって爺《じい》ちゃんに言われた」

現役バリバリのマタギとはいえもうすぐ八十歳の爺ちゃんを一人にするのは心配なので、この間顔を見に帰ると連絡したら『年寄り扱いするな！』と怒鳴られ、

『儂《わし》のことは気にするな。環奈《かんな》ちゃんや友達とたくさん遊んで思い出を作りなさい。その話を今度聞かせてくれたらいい』

と優しい声で言われてしまったら「うん、わかった」と答えるしかなかった。とはいえさすがに夏休みには帰るつもりなので、その時は何も言わずにサプライズ帰郷にしよう。

「なるほど。つまり帰宅部の五木は一人寂しい灰色なゴールデンウィークを過ごすってわけか」

「……あぁ、そうだな」

俺の事情を知って和田は元気を取り戻す。人の不幸を笑うのはよくないぞ、と言いたいところではあるがグッと堪《こら》えて俺は愛想笑《あいそわら》いを返した。

口が裂けても言えない。実は俺の家が環奈を始めとした学園きっての美女達のたまり場になっているなんて。

しかも一度や二度どころではない。偶然にも環奈、浅桜《あさくら》、笹月《ささづき》が一堂に会し、謎の話し合いをしてからというもの毎日のように彼女達は我が家にやって来て、一緒に夕飯を食べて、泊まりこそしないが遅くまで居座る。

そんな傍から見たら不健全極まりない状態になっていることが知られたら俺の命はその瞬間にお終《しま》いだ。

「あんまりぐーたらしすぎるんじゃないぞ？　たまには身体《からだ》を動かさないとあっという間にぶくぶく太るからな」

「そうだな。適度にランニングでもして身体を動かすようにするよ」

「そういうことなら陸上部に入るのはどうかな？　適度な運動と緊張感を味わえるから五《い》木《き》にピッタリだと思うよ」

突如男二人の会話にハスキーな透き通った声が割って入ってきた。それが誰なのか確認するまでもない。

「部活には入らないって何度も言っているだろう。いい加減諦めてくれ、浅桜」

「私は諦めが悪いって何度も言っているよね？　いい加減首を縦に振ってくれると嬉《うれ》しいんだけどなぁ」

そう言いながら口元に嫋《たお》やかな笑みを浮かべる浅桜。その微笑《ほほえ》みに教室がにわかにざわつくが、俺からすれば目の前にいる美女は甘い香りで誘惑して手を取った瞬間に底なし沼へ誘うサキュバスのそれだ。鼻の下を伸ばして間抜けな顔を晒《さら》している和田とは違うのだ。

「たとえ大金を積まれたって俺の答えは変わらない。というか素人《しろうと》の俺が全国レベルの選手がわんさかいる陸上部に入るのは邪魔にしかならないだろう。この話をするのも一度や二度じゃないよな？」

「さぁ、私は走り出したら三歩で忘れるひよこだからわからないかな？　それにこれは私たちの挨拶みたいなものじゃないか。とやかく言わないでよ。泣くよ？」

「そうだったな。そこまで含めて挨拶だったたな」

終わったなら早く立ち去れと言外に込めて俺はしっしっと手を振る。

そもそも面倒なことになるから学園の中ではあまり話しかけないようにしようってみんなで決めたのに、堂々と破るのはやめてほしい。あの環奈ですら守っているんだから。

「相変わらず五木はつれないね。でもそのツンな態度もいつかデレに変わる時が来るよね？」

「残念ながらそんな日は来ない。俺は漫画に出てくるチョロインじゃないんでね」

「フフッ。その意思がいつまで貫けるか楽しみにしているよ」

それじゃね、とアイドル顔負けの様になったウィンクを飛ばしながら浅桜は教室から出て行った。何をしに来たんだと心の中で呟きつつ重たいため息を零《こぼ》してから俺は弁当箱に残っているおかずに箸をつける。

「なぁ、五木。俺とお前は親友だよな？」

「……なんだよ、藪《やぶ》から棒に。親友かはともかく大事な友達だとは思っているけど？」

「そうだよなぁ。それなら教えてくれ。お前はいつから浅桜奈央《なお》と気さくに話すような関係になったんだ⁉　花園《はなぞの》環奈に飽き足らず浅桜まで懐柔したのか⁉　いったいどんな手を使ったんだ⁉」

ガシッと肩を摑《つか》みながら血の涙を流していそうな切実な顔で和田が尋ねてくる。まるで俺が女たらしみたいな言い方をしているが完全に誤解だ。

「特別何かしたってことはないかな。ただ気付いたら話すようになっていたんだよ。友達になるってそういうものだろう？」

強いていえば見様見真似《みようみまね》で足のケアマッサージをしたくらいか。それを気に入ってもらったからこそ今があるが、一歩間違えていたら俺はこの席に座っていない。まぁこの話をしたところで火に油を注ぐだけだから絶対に言わないが。

「その通りだ。友達になるのはそう難しいことじゃない。でもそれは相手が花園環奈や浅桜奈央じゃなかった時の話だ！　というか女子と簡単に友達になれたらクリスマスもバレンタインデーも惨《みじ》めな思いをしてねぇよ⁉」

こんな風に嘆いているが、この友人は決して見た目が悪いわけではない。むしろその逆。精悍《せいかん》な顔立ちに日々バスケ部のハードな練習で鍛えられたガッチリとした肉体なので、田舎者の俺と違って恋人の一人や二人くらいすぐにできるはずだ。

「……まずはそういう言動から直した方がいいと思うぞ？」

これらの加点要素を補って余りあるマイナスポイント。この愉快な性格のせいで敬遠されていると思うので指摘したが、俺としては和田には変わらずこのままでいてほしい。何故《なぜ》なら楽しいから。

「ハァ……まぁいいさ。明けない冬はない。今が猛吹雪でもいつかは春がきて桜も咲くよな！」

「和田のそういう前向きなところ、俺は好きだよ」

「――もしかして五木×和田が始まるの？」

　くだらない会話をしているところに再び乱入者が現れる。静かな声で誤解しか生まない発言をしないでもらいたい。あと俺は常に気配を察することができるわけではないので不意打ちには対応できない。

「安心してくれ。そんな新連載は天地がひっくり返っても始まらない」

「なるほど。つまり和田×五木って……こと？」

「よし、まずは路線から離れような？　というか何か用か、笹月」

　何故か拗《す》ねてむぅと頬を膨らませている笹月に俺は肩を竦《すく》めながら尋ねる。正面に座っている和田はいきなり笹月が現れたことに驚いてフリーズしているが気にしないことにしよう。

「？　特に用事はないよ。それとも五木は友達に話しかけるためには理由がないとダメなタイプ？」

　一転して寂しそうな顔で尋ねてくる笹月に俺の口から思わずうめき声が漏れる。確かに友達なら話しかけるのに理由なんてものはいらないが、今の笹月は構ってと訴えてくる子犬のようだ。ふつふつとこみあげてくる頭を撫《な》でたくなる衝動をなけなしの理性で抑えつける。

「どうしたの、五木？　歯を食いしばっているけどお腹《なか》でも痛いの？」

「……大丈夫だ、問題ない」

「フフフ。ネタがかなり古いことはスルーしてあげる。そして五木の一番の友達は私ってことでおＫ？」

「それについてはノーコメントとさせてもらおう」

この問いに答えたら間違いなく争いが起きる。それも血で血を洗う、バッドエンドが約束されている類の戦いである。三十六計逃げるに如《し》かず。

「むぅ……やはり現時点の最強は花園環奈か。でも負けないから」

「一体何と戦っているんだ？」

宣戦布告ともとれる物騒な言葉を残しながら笹月はすぅと気配を消して教室から出て行った。それにしても浅桜といい笹月といい、どうして約束を守れないいんだ。まさか本気で俺の平穏な高校生活を壊そうと企《たくら》んでいるわけじゃあるまいな。

「おおお、おい！　今ここに笹月美佳《みか》がいたよな⁉　天橋立《あまのはしだて》学園のネッシーこと笹月美佳と会話していたよな⁉」

「透明人間の次はネッシーか。笹月には色んなあだ名があるんだな」

まるで珍獣のような扱いだが、あの気配遮断能力を考えたらそう言われるのも無理はない。

「あだ名なんてどうでもいいんだよ！　大事なのは浅桜に続いて笹月とも親しくなったことについて説明してもらおうか⁉」

「説明も何も……たまたま声をかけたらウマが合っただけだよ。それ以上でも以下でもない」

「笹月にたまたま声をかけるって時点でおかしいからな⁉　普通は声かけるどころか姿形を認識できないからな⁉」

「それについては田舎で爺ちゃんに教えてもらったおかげとしか言いようがないな。和田《わだ》も山で一ヶ月くらい過ごせば身に付くと思うぞ」

俺の提案にうげぇとうめき声を漏らしながら肩を竦める和田。勿体《もったい》ない。自然と一体となる経験をすれば笹月の気配を読み取るくらい簡単にできるようになるというのに。

「都会生まれ都会育ちの俺がそんな過酷な場所で生きられるわけないだろうが。三日と経《た》たずに野垂れ死にだよ！」

「そうか？　人間やってみないとわからないぞ——んっ？　なんだ？」

胸ポケットに入れていたスマホがブルッと振動する。確認してみると環奈からメッセージが届いていた。その内容は、

『随分と楽しそうにお昼休みを過ごしているみたいですね』

絵文字もなければスタンプもない、質素な短文。だがここに込められている感情は幼《おさな》馴染《なじみ》が故に手に取るようにわかる。

「……怒ってるな。しかも相当に」

「どうした、五木？」

スマホの画面を見て押し黙っていたら和田が怪訝《けげん》な顔で尋ねてきた。さて、どう返事をしたものか。

既読スルーは論外。そんなことをしたら帰宅したら笑顔による無言の圧力をかけられて精神が押しつぶされてしまう。というかそもそも環奈《かんな》はどうして怒っているんだ。

『みんなで約束したはずですよね？　学校にいる時はあまり話さないようにしましょうと。ですが中々どうして……私は今、猛烈に激憤慷慨《げきふんこうがい》しています』

『それを言う相手は俺じゃなくて浅桜や笹月だと思うけど⁉』

想像以上のお怒り文につい反射的にメッセージを返してしまったが、教室にいない環奈がどうして俺が二人と話していたことを知っているんだ。まさか俺の身体《からだ》に盗聴器でも仕掛けているとかじゃないよな。

『……どうしてなんだ？』

『聡明《そうめい》な陣平《じんぺい》君ならこう思ったでしょう。〝環奈にはすべてお見通しなのか？〟と』

『それは私が精神感応の能力を持っているからです。陣平君の意識に私の意識をリンクさせることで何をしているか手に取るようにわかるのです』

突然何を言い出すんだこのお嬢様は。二度見、三度見しても何を言っているのかさっぱりわからない。唯一わかるのはこの文章を打ち込んだであろう環奈がドヤ顔をしていることくらいか。

『つまりわかりやすく説明すると……陣平君のブレザーの内ポケットに盗聴器を仕込んでおきました』

『嘘《うそ》だろう⁉　いくら幼馴染とはいえやっていいことと悪いことがあるぞ⁉』

すぐさまブレザーを脱いで内ポケットをまさぐるがそれらしいものは見つからない。もしや高性能かつ超小型の盗聴器を開発したとでもいうのか。

『というのは冗談です。つい先ほど笹月《ささづき》さんから報告があったんです。浅桜《あさくら》さんと喋《しゃべ》っているから注意してくると』

『……本当に冗談だよな？　信じていいんだよな？』

いまいち信用できないのは精神感応云々《うんぬん》はともかくとして環奈なら本気でそれをやりかねないからだ。

『むしろ信じてくれないんですか？　泣きますよ？　涙でこの学校を沈めることになりますけどいいですか？』

『……疑って悪かった』

メッセージのやり取りでよかった。これが対面での会話だったら頬を膨らませてポカポカと叩《たた》かれているところだ。

『まとめると木乃伊《ミイラ》取りが木乃伊になることは容易に想像が出来た、というわけです』

『……なるほど。さすが環奈。勘が鋭いな』

『私が必死に我慢しているというのに。これではあまりに不公平です。陣平君には穴埋めを要求します！』

『俺は何をすればいいんだ？』

ダンダンと机を叩きながら訴える環奈の姿が目に浮かぶ。俺が穴埋めをしなければいけないのかと思わなくもないが、それを書き込んだら環奈の機嫌がさらにこじれるからして甘んじて受け入れるしかない。

『さすが陣平君、話が早くて助かります。それではゴールデンウィークに陣平君のお家《うち》にお泊まりをさせてください。私からの要求はこれだけです』

「……はぁ！！？？」

文字を打ち込むよりも言葉が先に出る。目の前に座っている和田が「どうした?」と尋ねてくるがそれどころではない。突然何を言い出すんだこの幼馴染は。

年頃の女の子が一人暮らしをしている男の家に泊まるというのは不健全極まりない。しかも幼馴染とはいえ交際していないとなればなおさらだろう。まぁ毎日のように三人の女の子が夜遅くまで入り浸っている時点で今更だろうという話ではあるのだが。

『二人で遊びに行くとかならまだしも、さすがにお泊まりはまずいんじゃないか? ご両親も怒るんじゃないか?』

『フフッ。抜かりありません。父も母も〝五木《いつき》君なら心配ない〟とお墨付きをもらっていますから。何なら〝鳶《とんび》に油揚げを攫《さら》われないようにするんだぞ〟とも』

『……冗談だろう?』

『信じるか信じないかは陣平君次第ということで。お泊まり会の詳しい話はまた後で話しましょう』

またね、とカワウソが手を振っているスタンプがメッセージのあとに送られてきた。ここから先は家に帰ってからということか。俺は重たいため息を吐《つ》きつつ、考えるのをやめて残りの弁当に向き合う。

「五木よ……お前とこれから先も友達でいるためには物理的な話し合いをする必要があるみたいだ。歯を食いしばる準備をしろ！」

今にも真っ赤な涙を流しそうなほど憎悪《ぞうお》に歪《ゆが》んだ表情を浮かべながらどす黒い声を発する和田。

「……どうしてそうなる？」

「どうしてだぁ？　そんなの決まっているだろうが！　お前がスマホで花園《はなぞの》環奈とイチャイチャしているからだよ！」

「すごいな。どうして相手が環奈ってわかったんだ？」

「浅桜、笹月とくれば誰だって予想はつくさ！　むしろ花園環奈じゃなかったら問答無用で警察に来てもらうことになっていたところだ！」

そう言いながら和田はわなわなと拳を震わせる。いつ理性が崩壊して飛び掛かってくるかわかったものじゃない。お願いだから冷静になってほしいところだが、どんなやり取りをしていたか聞かれても面倒なので対処に迷う。

「ハァ……世の中ってやつは本当に不公平に出来てるぜ。いつまで待てば俺に青い春が訪れるんだか」

やれやれと肩を竦《すく》めて嘆く和田に、俺は最後の唐揚げを口に放り込みながらアドバイスを送ることにした。

「少なくとも待っているだけじゃいつまで経っても来ないと思うぞ」

「うるせぇぇぇぇぇ‼　リア充は黙ってろぉ――‼」

教室中に和田の魂の籠った怒りの雄叫《おたけ》びが響き渡る。

その日の夜。当たり前のように我が家に遊びに来た環奈にこの話をしたらため息まじりにこう言われた。

『陣平君は残忍酷薄ですね。オーバーキルにもほどがあると思います』

ちなみに遅れてやってきた浅桜と笹月にも同じ話をしたら、似たような反応をされた。

解《げ》せぬ。

＊＊＊＊

迎えたゴールデンウィーク。土日と合わせて五日間も休めるのはありがたいことこの上ないが、田舎から出てきて一人暮らしをしている男子高校生の俺にとってはただただ暇を持て余すだけ。

現に最初の三日間、ダラダラと過ごしていたらいつの間にか日が暮れていた。こういう時に和田や浅桜のように部活に入っていればよかったなと痛感する。とはいえ夜になると誰かしら遊びに来るので賑《にぎ》やかではあった。

「ちょっ、笹月さん⁉　先ほどからどうして私にばかりボンビーを押し付けるんですか⁉」

「フッフッフッ。それはもちろん、現役女子高生社長が無一文に転落する様を見たいからだよ」

「最初に美佳《みか》にボンビーを押し付けたのは環奈だから因果応報だね。やられたらやり返す、倍返しだ！　とも言うしね」

「それを言うなら撃っていいのは撃たれる覚悟がある奴《やつ》だけだ、では――ってあぁ⁉　ボンビーさんがキングに進化しちゃいました！　陣平君、助けてください！」

テレビ画面を指さしながら肩を揺らしてくる環奈に心の中で謝罪しながら俺はリモコンを操作してサイコロを振る。

そして今日は問題の四日目。時刻は夜の22時を回ったところ。

いつものように我が家に入り浸りに来た三人と夕飯を食べ終えて、今は笹月が持ってきたゲームに興じていた。

ちなみに遊んでいるのはサイコロを振って世界各地を旅しながら資産を増やしていく有名タイトル。巷《ちまた》では友情崩壊ゲームと呼ばれているとかいないとか。

「どうして私から離れるんですか⁉ 幾久しくよろしくお願いしますと言葉を交わしたのを忘れてしまったんですか⁉」

「そんなプロポーズをした覚えはないからだよ。キングが落ち着くまでは近づかないでくれな」

「陣平君のいけずぅ」と叫びながら順番が回ってきた環奈《かんな》がサイコロを振る。不吉な真っ黒なサイコロが大量に出現し、加速度的に環奈の資産を奪っていく。そのあまりの凋落《ちょうらく》ぶりに笹月と浅桜が腹を抱えて笑う。

「これで環奈の脱落は決まり。美佳と一騎打ちかな？」

「負けない。五木の隣で寝るのは私」

バチバチと火花を散らす浅桜と笹月。勝手に俺を蚊帳《かや》の外に置いて話を進めないでもらいたい。というか誰が勝っても俺の隣で寝させたりはしないぞ。

「うぅ……陣平君と二人きりでお泊まり会をするはずだったのに……どうしてこんなこと

になってしまったんでしょうか」

しくしくと一人涙を流す環奈。そもそも俺はお泊まり会を許可した覚えはないのだが、いまさらそんなことを言ってももう遅い。というか言い尽くした結果の果てがこれなので最早《もはや》諦める他ない。

「ホント、どうしてこんなことになったんだろうな……」

重たいため息を吐き出しながら俺はベッドサイドに置かれている三つのスーツケース——ピンク、黒、エメラルドグリーン——に目を向ける。これが意味するところはすなわち、環奈だけではなく浅桜と笹月も我が家に泊まるということである。頭が痛い。

「どうしても何も、環奈が自分でペロッたんじゃないか」

「そうそう。この間ご飯を食べている時に『今度のお泊まり会、楽しみにしていますね』と勝手に自爆した。私達は何も言ってない」

グハッ、と吐血する環奈。

事件が起きたのはゴールデンウィーク初日の夜。

翌日から出張ということで拗《す》ねている環奈、ハードな練習をこなしてヘロヘロの浅桜、そして昼過ぎから我が家でぐーたらしていた笹月とともに今のようにゲームをしていた時のこと。

　夕食を食べて気が抜けていた環奈がお泊まり会のことを口にしてしまったのだ。それを聞いた瞬間に浅桜《あさくら》と笹月《ささづき》の瞳に鬼が宿り、全力で環奈を問い詰める光景は正直思い出すだけでも鳥肌が立つ。

「まさか私達に内緒で計画を立てていたなんて驚きだったよ。抜け駆けはよくないんじゃないかと思うよ？　あっ、五木の番だよ」

　あっという間にまた俺のターンがやってくる。ゲーム終了まであと少し。現在の順位は浅桜、笹月、俺、環奈。一位から三位までは拮抗《きっこう》している。逆転を狙うなら指定された目的地に最初にゴールすることが絶対条件。

「もし五木にゴールされたらトップが入れ替わり、その後すぐに全ターンが終わる。そうなったら勝者無しのノーコンテストに……お願い妖怪イチタリナイ、仕事して」

「死なば諸共《もろとも》！　かくなる上は全員負けのサドンデスです！　さぁ、陣平《じんぺい》君。さくっとゴールしてください！」

「ツイている男かツイていない男か。果たして五木はどっちかな？」

　三者三様の煽《あお》りを受けながらボタンを押す。もしも俺が勝ったら延長戦なんてせずにご帰宅していただきたいところだが、それは無理なのでせめて添い寝なんて不健全なことはせずに大人しく寝てほしい。そう願いながら振られたサイコロの出目はゴールへと辿《たど》り着く数字だった。

「やりましたぁ！　これで延長戦に突入です！」

「……っく。仕事しろ、妖怪イチタリナイ」

「さすがだね、五木は。こうなるんじゃないかと思っていたよ」

「今度は違うゲームにしましょう！　マ●オ●ートとか、ス●ブラとかがいいです！」

わいわいと騒ぐ女子三人を横目に俺はコントローラーを置いて立ち上がる。

「？　どこに行くんですか、陣平君？」

「風呂《ふろ》だよ。先に入っておかないと順番待ちで大変なことになるからな。なにせ今日は四人もいるんだし」

我が家の狭い風呂では頑張っても定員は二人まで。三人がカラスの行水かどうかはわからないので、空いている時に入らないと順番が回ってこない可能性すらある。大して動いていないとはいえ、一日の汗を流さないと気持ちよく眠れない。

それとこの後に待ち受けているであろう苦行に耐えるために心頭滅却しておく必要もある。むしろこっちの方がメインだ。

「俺のことは気にせずゲームをしててくれ。その間にのんびり湯船に浸《つ》かってくるから」

「……わかりました。ごゆっくりどうぞ」

ニコリと笑みを浮かべながら環奈はそう言うと視線をテレビ画面に戻す。そこはかとない違和感を覚えつつ、俺は着替えを手に浴室へと向かう。

と言っても狭い1Kの我が家。部屋を出ればすぐに風呂場に着く。早速浴槽に湯を溜《た》めるのだが、悲しいことにワイワイと騒ぐ女子達の会話も聞こえてくるくらいに壁が薄いことに気が付いた。

「これは……環奈達が入っている時は耳栓をしておいた方がよさそうだな」

深淵《しんえん》を覗《のぞ》くとき深淵もまたこちらを覗いているというように、あちらの音が聞こえているということはこちらの音も聞こえている。つまり風呂から上がって寝るまでの間にも健全な男子高校生には辛《つら》い時間があるということになる。勘弁してほしい。

最適解を悶々《もんもん》と探しながら待つことおよそ二十分。ようやくお湯張りが完了した。女子組のお風呂が終わるまで散歩をすればいいと無理やり結論付けて浴室の中へ。

頭にシャワーをぶっかけてオーバーヒートしかけている脳を急速冷却する。徐々にお湯に変わっていく瞬間が実に心地がいい。

「ハァ……どうしてこんなことになったんだろうな。このままだと色んな意味で今夜死ぬんじゃないか、俺」

「——それは幸せ過ぎて、喜躍抃舞《きやくべんぶ》ってことですか？」

「いやいや。嬉《うれ》しすぎて喜びすぎて小躍りするんじゃなくて、状況に理性が耐えきれなくて廃人になるって意味だよ――――ん？」

突然シャワーの音に混じって耳に届いた聞き慣れた声と無駄に難解な四字熟語。早鐘を打つ心臓。そんなはずはないと言い聞かせながらシャワーを止めて振り返ると、そこには案の定環奈が立っていた。

「えっと……環奈さん？　どうしてここにいるんですかね？」

動揺し、動転する心を必死に宥《なだ》めながら震える声で幼馴染《おさななじみ》に尋ねる。百歩も一万歩も譲りたくはないが風呂場に来るところまでは良しとしよう。からかい半分、出来心半分で覗きたくなる時もあるだろう。だが、

「というかどうして服を脱いでバスタオル一枚で立っているんだよ⁉　おかしいだろう⁉」

俺の渾身《こんしん》の力の叫びに環奈はキョトンと小首を傾《かし》げる。その様子が可愛《かわい》いと思ってしまう自分が悔しい。

「どうしても何も昔のように一緒にお風呂に入ろうと思ったからに決まっているじゃないですか。それのどこがおかしいんですか？」

「何から何までおかしいだろう！　昔と今じゃ色々違うんだぞ⁉」

素朴な疑問を口にする環奈から目を逸《そ》らしながら再び叫ぶ。

一瞬だったがくっきりと目に焼き付いた、タオルを巻くことによってかえって強調されているたわわな果実。一切の穢《けが》れのない滑らかな肌。適度な肉付きのあるしなやかな足。シャワーによって熱気が籠っているせいでかいた汗が顎を伝って鎖骨に流れ落ちる様すら艶《なま》めかしかった。

「フフッ。どうしたんですか、陣平君？　声が上ずっていますよ？　それと心なしか顔も赤くなっています」

「き、気のせいだ！　あと顔が赤くなっているのはシャワーを浴びていたからだ！　断じて環奈の裸を見たからではない！」

「……なるほど。ではこういうことをしても大丈夫ってことですね？」

何をする気だ、と問うより先に環奈が身体《からだ》を近づけてくる。そしてそのまま俺の頭を包み込むように後ろから抱きしめてきた。

「ここ、これなら……どどどうですか、陣平君？　少しはドキドキしてくれますか？」

俺以上に環奈の方がドキドキしているから平気だ、なんて澄ました顔で言えるほど俺は大人ではない。それもこれも背中にむにゅっと当たっている柔らかい感触のせいだ。脳みそが沸騰し、俺の理性がゴリゴリと加速度的に削られていく。

「お、俺が悪かった……全然大丈夫じゃないから早く離れてくれると助かる」

「ささ、最初から素直にそう言えばいいんです！　まったく、いつから陣平君はひねくれものになってしまったんですか？　昔はそうじゃなかったはずです」

「それをいうならいつから環奈は入浴中に突撃してくるような痴女になったんですかね？　昔はそんなことなかったはずだ」

「それは突撃する必要がなかったからですぅ！　昔は陣平君から『一緒にお風呂入ろうか！』って誘ってくれたのを忘れてしまったんですか？」

存在しない記憶をさも当然のように口にしないでもらいたい。十数年前に環奈とお風呂に入ったことは確かに何度もあったが全て両親に言われてのこと。俺から自発的に誘ったことは一度もない。多分、きっと。

「まぁ細かいことはこの際気にしません。それよりも大事なことがありますから」

「それよりなにより早く出て行ってくれませんかね？」

呆《あき》れ混じりに俺が言うと、環奈はどこか不敵な笑みを零《こぼ》しながら顔を近づけ、耳元で甘い吐息と共にこう囁《ささや》いた。

「昔みたいに背中流してあげます。いつも頑張っている陣平君へのご褒美《ほうび》です」

聞いたことのない妖しくて艶のある声音で言われてわずかに回復した理性が一瞬で吹き飛ぶ。嬉しいけどさすがにダメだろう、と俺が言おうとしたところ、

「私達は幼馴染ですし、過去には背中どころか色々なところを洗いっこした仲じゃないですか」

言われてみれば確かにな、と思ってしまった時点で俺の命運はここまでだったのだろう。

気が付いた時に環奈《かんな》による洗体マッサージを受ける流れになっていた。

環奈によるプレイが始まってすぐに異変を察知した浅桜と笹月が風呂場に乱入してきて事なきを得た。何故《なぜ》か二人がスク水を着ていてこれまた頭痛を覚えたが、結果として助かった上に眼福でもあったので不問に付すことにした。

「俺の平穏なバスタイムを邪魔しないでくれ！」

もちろんこの後すぐにやいのやいのと騒ぎ始めた三人をまとめて風呂場からたたき出したのは言うまでもない。

＊＊＊＊＊

酷《ひど》い目にあった、なんて口にしたら和田《わだ》を含めた男子達が総出で襲ってきかねないとわ

かっていつつも呟《つぶや》かずにはいられない。そんなリラックスとは程遠い入浴を終えた俺はベッドの上に座ってテレビをつける。

「この時間は大して面白い番組はやってないよ」

適当にチャンネルを変えていると一足先に風呂から上がった浅桜が声をかけてきた。ちなみに環奈は笹月と仲良く入浴中である。

「そうみたいだな。まぁ別に興味ないからいいんだけど」

「それならどうしてテレビつけたのさ」

変なの、と笑いながらぽふっと俺の隣に腰かける浅桜。風呂上がりのいい匂いが鼻孔をつく。バスタオルで髪を拭いている何気ない姿さえも様になっているので思わず感嘆のため息が漏れそうになる。

それに反して部屋着はモコっとした可愛らしいモノ。さらにデフォルメされたクマを模したフード付き。しかしながらショートパンツタイプなので陸上部で鍛えられた美脚を惜しげもなく晒《さら》している。ギャップが渋滞していて大変なことになっている。

「まさか水着を着て突撃しておいて実はお風呂があんまり好きじゃないとはね。自由気ままだよね」

「猫みたいな奴《やつ》だよな、笹月って」

「環奈も環奈だよね。五木《いつき》にあんなことしておきながら美佳《みか》と一緒にお風呂に入るだなんて。面倒見がいいにもほどがあるよね」

「それは多分あれだな。笹月《ささづき》から出ている妹成分のせいだな」

というのは冗談。笹月は特殊性質のせいで一人の時間が多かった。そのためか恐らく本人は気付いていないと思うがふとした瞬間に瞳の中に孤独の色が混じるのだ。それを環奈は見過ごせないのだろう。

「環奈は昔から頭が良かったからな。そのせいで気味悪がられてさ。多分、笹月の気持ちが痛いくらいにわかるんだと思う」

「……なるほど。環奈には美佳の孤独の辛さがわかるってことか」

そういうこと、と言いながら俺はテレビをゲーム画面に変更する。浴室からシャワーとともにドタバタと激しい音が聞こえてくるのでまだ当分出てはこないだろう。待っている間の暇つぶしにはちょうどいい。

「それじゃ五木には私の孤独を埋めてもらうとするかな」

「……え?」

どういう意味だ、と問うより先に突然浅桜《あさくら》が俺に向かってダイブしてきて押し倒されてしまった。

一体何が起きているのか理解が追いつかない。ただわかることは普段自分が使っているシャンプーとは別の甘い香りと、わずかに残っている風呂《ふろ》上がりの残滓《ざんし》による温《ぬく》もりが伝わってきて俺の脳がパニックを起こしているということくらい。

「あ、浅桜⁉　いきなり何をするんだ⁉」

「シッ、静かに。あまり大きな声を出すと環奈たちに聞こえちゃうよ？」

唇に人差し指をあてながら蠱惑《こわく》的な笑みを浮かべる浅桜。その蠱惑的な表情に心臓が大きく脈動する。

「い、いくらなんでもこの状況はまずいだろう⁉　早くどいてくれ！」

「それは五木の返答次第かな？　それとも……逆がよかった？」

試すようにからかうように誘うように浅桜が囁く。全身が汗と緊張と動揺で沸騰する俺の心境などお構いなしに話を続ける。

「お互いの境遇が似ている環奈と美佳の中に私は入っていけないからね。でもこう見えて私だって孤独なんだよ？」

艶のある表情から一転。唇を尖《とが》らせて拗《す》ねた顔で話す浅桜。

「天才スプリンターとか日本女子陸上界の歴史を変える逸材だとか……みんなして好き勝手言うくせに、実際は腫れ物を扱うみたいに誰も近寄ってこない」

「それは……」

天才故の宿命だ、なんて口にすることはできない。これが団体競技ならまた違ったかもしれないがグラウンドでは常に一人。

世間から注目を浴びているとはいえ浅桜とて他の子達となんら変わらない十代の女の子。まだ成長途上の華奢《きゃしゃ》な身体に背負わせるにはあまりにも期待が重すぎる。

「でもね、五木。キミだけは私のことをちゃんと見てくれた。天才スプリンターなんて贔《ひい》屓目《きめ》なしに浅桜奈央《なお》として心配してくれた。それがすごく嬉しかったんだ」

「……そんなの、当たり前だろう」

「その当たり前がみんなは出来ないから五木は特別なんだよ。だから環奈や美佳もここにいるって私は思うよ」

独占できないのは悔しいけどね、と言って笑う浅桜。その笑みは年相応の少女のそれで、これまで彼女が見せた笑顔の中で最も魅力的だった。

「そういうわけで。日頃の感謝を込めて私も五木に恩返しをさせてくれないかな？」

「……どうしてそうなる？　脈絡がないにもほどがあるぞ？」

「期せずして今は二人きりだからね。このチャンスを最大限に活《い》かそうってこと。環奈にばかりいい思いをさせるつもりはない」

いい思いをしているのは花園《はなぞの》じゃなくて五木の方だろうと俺の心の中にいるイマジナリー和田が叫ぶが、並々ならぬ闘志を燃やしている浅桜に言っても無駄だろう。こんなところでやる気を出されても困る。

「安心して。私は環奈みたいな不健全なプレイはしないから。ちゃんと健全な形で五木を気持ちよくするつもりだよ」

「その発言で健全が一瞬で行方不明になったんだが⁉」

「まぁ五木が望むならこのままそっち方面に舵《かじ》を切ってもいいんだよ？」

そう言ってペロリと舌なめずりをする浅桜。思わずゴクリと生唾を呑《の》み込む。

バスタオル一枚で風呂場に突撃した環奈の衝撃で忘れていたが、浅桜もまたスク水を着て風呂場に乱入してきたのだった。

「おおお、落ち着け浅桜！　一時の感情に流されるな！　こういうことには順番っていうのがあるはずだ！」

「失礼だな。私はいつでも冷静だよ？　だから五木、うだうだ言ってないでさっさとうつぶせになってくれるかな？」

「うつぶせ⁉　うつぶせでナニをする気だ⁉」

「ナニって……マッサージに決まっているでしょ？」

ほへっ？　と間抜けな声が漏れる。恐らく間抜けな顔をしているである俺から身体《からだ》を起こして離れながら浅桜は話を続ける。

「五木には部活終わりに身体のケアをしてもらっているからね。そのお礼に私が五木にマッサージをしてあげようってことだよ」

「な、なるほど。そういうことならぜひお願いしようかな」

「それとも五木はソッチ系がお望み？　もしそういうなら――」

「いや、お望みじゃありません！　ソッチじゃない方でお願いします！」

少しでも気を抜けばピンク方面に舵を切ろうとするのはやめてほしい。これ以上の問答をしたら心臓がいくつあっても足りなくなりそうなので、俺は大人しく身体を回転させてうつぶせになる。

「フフッ。やっと素直になったね。それじゃ時間もないし始めていこうか。まずは――」

言いながら浅桜は足元に移動すると早速ふくらはぎへのマッサージを開始する。

ふくらはぎは第二の心臓とも呼ばれている重要な筋肉である。その役割は重力に逆らって血液を心臓に戻したり、リンパ液などの体液をカラダに巡らせること。ここの巡りが悪くなると老廃物が溜《た》まり、疲れやむくみの原因となる。

「大分むくんでいるね。自分の身体のケアを疎《おろそ》かにしたらダメだよ？」

「あぁ……そうだな」

ふくらはぎが終わったら臀部《でんぶ》に手技が移る。臀部と腰の骨格は繋《つな》がっており、腰のだるさや痛みを和らげるにはお尻の筋肉を緩めるのが実は効果的だったりする。強く、時に優しく揉《も》みほぐされる。

慣れない土地での一人暮らしに高校生活。何故か押しかけてくる美女達。そのせいか、心身ともに疲れが溜まっていたのだろう、自然と睡魔が押し寄せてきて意識が急速に薄れていく。

「どう、五木？　気持ちいい？」

「うん……痛いけどすごく気持ちいい。ありがとう」

「フフフッ。それはなにより。それじゃそろそろ本命にいこうか」

ぼんやりとする頭で〝本命とは？〟と考えていたらおもむろに浅桜が背中に覆いかぶさるように身体を倒してきた。

「もっと気持ちいいコト、してあげるね」

耳元で甘美な声で囁《ささや》く浅桜。

「……どんなことを、するつもりだ？」

普段なら、それこそ数分前の自分だったら絶対に断るはずなのに、心地良い感覚に包まれているせいで思わず聞き返してしまった。そんな俺に対して浅桜は妖しい声音でこう続けた。

「私の身体を……五木の背中に当たってむにゅってなっているモノも全部含めて全身をほぐしてあげる。お互いの身体の触り合いを交えながらね」

それも裸同然の格好で、と付け足す浅桜。甘美な誘惑に俺の身体が急激に熱を帯び、同時に意識も覚醒する。

「お、おまっ⁉　それは環奈《かんな》とやっていることが変わらないのでは⁉」

ツッコミを入れるが時すでに遅く。最早《もはや》俺は夢魔にとらわれた哀れな子羊。自分の意志で身体を動かすことが出来なくなっていた。

「いきなりは怖いよね？　まずは少しだけ試してみようか」

火傷《やけど》しそうなくらい熱い吐息を吐きながら言ってから、俺のお腹《なか》に手を回すとそのままゆっくりと、まるで獲物を捕らえた蛇のようにゆっくりと下腹部へと下ろしていく。

これはまずいと理性が叫ぶ。このまま沼に沈みたいと本能が訴える。

「どうしたの、五木？　抵抗しないの？」

「や、やめるんだ、浅桜。これ以上は、本当にまずい」

「残念、もう遅いよ。大丈夫、優しくしてあげるから。五木は何も考えず、私に身も心も預けてくれればいいから」

艶のある声で言いながらするりとズボンの中に手が入ってくる。だがその言葉とは裏腹に手のみならず浅桜の身体がわずかに震えている。怖いならやめればいいのに、と俺が口にしようとしたその時――

「スト――――ップ‼　二人とも、ベッドで一体全体何をしているんですか⁉　不健全なことはダメ絶対！」

浅桜の手が核心に触れる寸前、リビングに悲鳴に近い環奈の声が響き渡る。さらにこれ以上問屋は卸さないとばかりに笹月が素早い動きでベッドにやって来て、俺に密着している浅桜を引っぺがした。

「あぁ……もう、どうして邪魔するのさ。これからがいいところだったのに！」

唇を尖らせて拗ねる浅桜に対し、笹月は救出した俺の頭をギュッと抱きしめながら警戒心全開の視線を向ける。

「嫌がる五木《いつき》を無理やり手籠《てご》めにしようとするなんて許されない。というか花園といい浅桜といい、抜け駆けした罪は重い」

「さ、笹月……助けてくれたことは感謝するけどいったん離してくれると助かるんだけど

「まだダメ。あの二人はお腹を空《す》かせた肉食獣。隙だらけの五木はちょっとでも気を抜いたら一瞬で食べられちゃうよ」

「……」

言いながら腕に力を込める笹月《ささづき》。環奈や浅桜《あさくら》の陰に隠れているが、彼女もまたたわわな果実の持ち主である。ゆったりとしたデザインの可愛《かわい》い部屋着の下には大きなものが実っている。これがいわゆる着やせするタイプというやつか。

なんてことを考えてはいるが実際のところ余裕はない。まだ髪が乾いていない、お風呂から上がりたてで火照《ほて》っている女の子――しかも柔らかい胸元――に頭を押し付けられている状況で平静を保てる男子高校生がいるだろうか、いやいない。しかもその相手が美女とくればなおさらだ。

「ご、ごめんって。五木が気持ちよさそうにしているのが可愛くてつい調子に乗っちゃったことは謝るよ。だからいったん五木を離してあげて？」

「浅桜さんの言う通りです。私も謝りますから陣平《じんぺい》君を解放してあげてください」

「ダメ。そうやって油断させてまた抜け駆けして五木を誘惑するのはわかってる。私の目が黒いうちは許さない」

ガルルとまるで主《あるじ》を必死に守る番犬のように抵抗する笹月。気持ちは嬉《うれ》しいが、視界が白くなってきて本格的に命の危機を覚えるのでポンポンと肩をタップする。

「大丈夫だよ、五木。私がしっかり守るから。安心して休むといい」

「何をしているんですか笹月さん！　早く陣平君を解放してください！」

「環奈の言う通りだよ！　早く五木を離してあげて！　そうじゃないと五木が死んじゃうよ！」

慌てた様子の二人に言われて笹月が「えっ？」と呆《ほう》けた声を漏らしながら視線を下に向けてきた。そうしてようやく俺の顔が青白くなっていることに気付いてくれたようだ。ガバッと俺の頭を解放してくれた。

「……ごめんね、五木。大丈夫？　息してる？」

「だ、大丈夫……三途《さんず》の川が見えそうになったけどなんとか帰ってこれたよ」

苦笑いをしながら俺が言うと笹月はほっと一息《ひといき》吐《つ》いてから申し訳なさそうにしゅんと俯《うつむ》いた。まるでいたずらが見つかった子犬みたいで庇護《ひご》欲をそそられる。

「落ち込むなって。笹月が来てくれたおかげで俺の純潔は守れたんだ。感謝している」

「……ホント？　私、五木の役に立った？」

「もちろん！　むしろ何かお礼をしたいくらいだよ」

恐る恐る上目遣いで聞いてくる笹月の頭を優しく撫《な》でる。もし俺にこんな妹がいたら間違いなく溺愛していたと思う。

「……それじゃ今夜は五木の隣で一緒の布団《ふとん》で寝ていい？」

「もちろん。それくらいお安い御用だ」

「――フッフッフッ。言質《げんち》はとったぜ」

落ち込んでいた表情が一変。ニヤリと口角を吊《つ》り上げて勝利のブイサインを環奈と浅桜に放つ笹月。そこで初めて自分がとんでもないことを了承したことに気が付いた。

「……なぁ、環奈。もしかして俺、やっちゃったか？」

「ええ、それはもうありえないレベルのやらかしです。陣平君、自分が何を言ったかわかっているんですか？」

「押してダメなら引いてみろ、ってことか。これは美佳《みか》にしてやられたね」

信じられないと環奈は頭を抱え、浅桜はやれやれと肩を竦《すく》める。そして笹月はウキウキと鼻歌を歌いながらベッドからぴょんと降りる。

「五木の許可も出たことだし、安心して寝る準備ができる。髪乾かしてくるね」

「いや、それよりやっぱり一緒に寝るのはナシに……」

「却下。それと今のうちに謝っておく。私、抱き枕がないと夜眠れないタイプの人だからよろしく」

そう言い残して笹月はスキップしそうな勢いで部屋から出て行った。その背中を俺は唖《あ》然《ぜん》としながら見送る。

女の子が隣で寝ていたら緊張で眠れるとは思えないし、抱き枕代わりにされたらどうなるかわかったもんじゃない。

「エナジードリンクでも買ってきてあげましょうか？」

「……それがいいかもな」

冗談交じりの環奈の提案にコクリと頷《うなず》く。気合いで起きていよう。俺はそう心に誓うのであった。

＊＊＊＊

日付はとうに変わり現在の時刻は丑三《うしみ》つ時《どき》。俺の目はカフェインを摂取していないにもかかわらずギンギンに冴《さ》えていた。

「すぅ……すぅ……んっ、陣平君……」

「ダメだよ、五木。みんながいるのに……ぁっ、そんなところ触ったら……」

いつ持ち込まれていたか定《さだ》かではない布団ですやすやと可愛らしい寝息を立てている環

奈となんの夢を見ているか気になる浅桜の寝言が聞こえてくる。

真っ暗で静寂の帳《とばり》が下りているせいではっきりと耳に届くので心臓に悪いし、この空間の中で眠れるほど俺の神経は図太くない。

「五木、まだ起きてる？」

隣で寝ていたと思っていた笹月が小さな声で話しかけてきた。

結局俺は先ほどとられた言質のせいで笹月と同じ布団で寝ることになってしまった。しかも一人用のベッドを二人で使っているので距離はほとんどないというおまけ付き。

「……起きてるよ。どうした？　まさか怖いからトイレに一緒に来てくれなんて言わないよな？」

「むっ。私は子供じゃないからそんなこと言わない。五木は私を何だと思っているの？」

「そうだなぁ……強いていうなら手のかかる子犬ってところかな？」

「なるほど。なら子犬が飼い主に甘えるのは普通ってことだね」

言いながらもぞもぞと動く笹月。そして寝技の達人もびっくりの素早い動きでギュッと腰に抱き着いてきた。さらに足まで巻き付けてきてがっちりホールドしてくるので身動きが取れなくなる。

「うん、予想通りの抱き心地。これはバッチリ。いい夢が見られそう」

満足した声で呟《つぶや》く笹月。よかったな、と言いたいところではあるが俺の心境としては今すぐ引っぺがしたいのが本音なのだが、

「私を子犬って言ったのは五木だよ？　まさか離れろなんて言わないよね？」

「……悪かった。子犬っていうのは訂正するから——」

「それに言ったでしょ？　私は抱き枕がないと眠れないって」

許してくれと俺が言おうとするのを拒むように笹月が耳元で妖しく囁《ささや》く。どうやら彼女もまた可愛いの裏側に妖艶《ようえん》さを隠していたようだ。

「五木が寝る前で待っていようかなって思っていたけど私もそろそろ限界。寝ていいよね？」

「ダメだ。くっついたまま寝るんじゃない」

「……五木。ありがとね」

無理やり引き剝がそうと身体《からだ》を返した時、笹月が涙を堪《こら》えたような声で呟いた。思わず俺は手を止める。

「私を見つけてくれて、友達になってくれてありがとね」

「俺は特別なことはしてないよ」

「ううん。五木にとっては特別なことじゃなくても私にとっては違う。感謝してもしきれ

ない。この恩をどうやって返したらいいかな……」

「そうだな……それじゃ恩を返そうなんて考えずに普通に友達でいてくれるだけで俺は嬉しいかな？」

俺はただ笹月に声をかけただけ。そこに打算なんてものはない。彼女にとってそれが特別なことなのかもしれないが、だからと言って恩を返せなんて言うつもりはないし言ってほしくない。

「友達になっただけなのに恩返しなんて必要ない。というかそれをいうなら今こうしているだけで十分すぎるものを貰《もら》ってるよ」

「つまり……私と同衾《どうきん》することが恩返しになる、ってこと？」

「言葉選びは慎重にしてくれませんかね？　あと我ながらいいことを言っているのに話の腰を折らないでもらえるかな？」

おかげで何を言おうとしたか忘れてしまったではないか。これでは締まる話も締まらない。

「フフッ、冗談だよ。でもそこまで言うならしょうがない。これからは私が五木の一番の友達になってあげる。光栄に思うがいい！」

そう言いながら笹月は俺の胸に顔をうずめると、腰に回した手にさらにギュッと力を込めて抱きしめてくる。おまけに足でホールドもされているので身動きが取れない。まさに完全なる抱き枕状態なのだが、不思議と邪《よこしま》な気持ちが湧いてこない。むしろ優しく包み込んであげたくなる。

「はいはい。光栄ですよ、お姫様」

「うむ、苦しゅうない。五木《いっき》のおかげでいい夢が見られそう……ありがと」

それから数分と経《た》たず。笹月は深い夢の中へと旅立ったのか、腕の中から可愛らしい寝息が聞こえてくるようになった。

「ハァ……今夜は徹夜かな」

俺は諦めて覚悟を決める。引き剝がそうと思えばいくらでもできた。起こそうと思えばそれもできる。でもそれをしようと思わないのは笹月の安心しきった寝顔が子供の頃によく見た環奈《かんな》の寝顔に似ていたから。

十数年前、環奈が引っ越す前日に一緒に抱き合って眠った日のことを思い出す。

行きたくない、離れたくないと泣きじゃくった環奈。思い残すことがないようにと言われて同じ布団で寝たら同じように抱き枕にされたのだ。

その時感じた彼女の温《ぬく》もりと笹月から伝わるそれはとても似ていて――

「仕方ない。朝まで耐えるか……」

夜明けまで数時間。山の中で一晩明かすことに比べたらどうということもない。環奈や浅桜《あさくら》が目を覚ますまではこのままにしておいてあげよう。

だが悲しいかな。笹月《ささづき》から伝わってくる体温と安らかな寝息と心臓の鼓動。そしてどんな極上な枕よりも柔らかくて心地の良い感触に、俺の意識はゆっくりと深い闇の中へ沈んでいった。

＊＊＊＊＊

ガチャッという物音で俺は目を覚ました。徹夜すると決めたはずが、どうやらいつの間にか寝てしまっていたらしい。

相変わらず笹月は俺を抱き枕にしているが、幸いなことに足のホールドは外れている。起こさないように細心の注意を払いつつ腰に回されている彼女の手を解いてベッドの下に視線を向ける。

「……あれ？」

すぅすぅと寝息を立てている浅桜の隣にいたはずの幼馴染《おさななじみ》の姿がない。トイレか、と一瞬考えたが何となくそうじゃない気がして俺はベッドから降りて羽織《はおり》を手にベランダに出る。

「何をしているんだ、環奈？」

「あっ、陣平《じんぺい》君……」

案の定、そこには環奈の姿があった。五月に入ったとはいえ日の出前はまだまだ寒い。ましてや環奈は薄着。俺は持ってきた羽織をそっと肩にかける。

「さすが陣平君、気が利《き》きますね。というかよく私がベランダにいるとわかりましたね。もしかしてエスパーですか？」

「まさか。何となくそんな気がしただけだよ」

「そうですか？　陣平君には昔から私の考えていることがまるっとお見通しされている気がしてなりません」

それこそ気のせいだ、と返しながら俺は環奈の隣に並ぶ。田舎と違って星は見えないが、澄んだ夜空に浮かぶ三日月が遜色ないくらい綺麗《きれい》だった。

「ちょうどいい機会です。最近は中々二人きりになれる時間がなかったですし、少しお話ししませんか？」

その提案に俺はコクリと頷く。

浅桜や笹月が来てから賑《にぎ》やかになったのはよかったが、その分環奈との時間は減ってしまった。引っ越してからのことなど聞きたいことは山ほどある。

「それじゃまずは俺から。こんな時間にベランダに出て何をしていたんだ？」

「何となく、夜風を浴びながら感傷に浸りたくなったんです」

色々ありましたから、と微笑《ほほえ》みながら環奈は話す。

「陣平君とまさかの再会から早一ヶ月。浅桜さんや笹月さんともお友達になれて……毎日が楽しいんです」

「そっか。それは何よりだ」

毎日が楽しいという点は俺も全面的に同意だが、入り浸りに来る頻度は少し減らしてもらいたい。なんて口にしたら拗《す》ねるだろうから心の中で留《とど》める。

「陣平君こそどうしてここに？　もしかして起こしちゃいましたか？」

「偶然誰かが外に出ていく気配を感じてさ。目が覚めたのは爺《じい》ちゃんの教えの賜物《たまもの》だな」

木の葉の揺れ、かすかに聞こえる足音と地面の振動等々。気配には敏感になれと田舎の爺ちゃんに口酸《す》っぱく言われてきたのがここでも活《い》きた。

「フフッ。陣平君のお爺ちゃん子ぶりは相変わらずですね」

「父さんと母さんより一緒にいる時間は長い、育ての親だからな」

環奈が引っ越してしばらくして、父さんは仕事の都合で海外に転勤することになり、母さんはそれについて行った。俺も一緒に、と考えていたようだが子供ながらに嫌だと明確に拒絶したのを覚えている。その理由は言うまでもなく――

「ところで陣平君。高校生になって一ヶ月が経ちましたが、こちらの生活には慣れましたか？」

これまでとは打って変わった質問が飛んできた。

「おかげさまで。時々山に行きたくなることを除けば大分快適な毎日を過ごさせてもらってるよ。まぁこっちに来て一番驚いたのは環奈が社長になっていたことだけど」

さすが俺の幼馴染だな、と付け足すと環奈はどこか恥ずかしそうにしながら笑みを浮かべる。

「別に社長なんて大してすごくないですよ。本当にすごいのは陣平君の方です」

「ん？　どうしてそこで俺の話になるんだ？」

「今の私があるのは陣平君のおかげってことです」

物悲し気な表情でそう言うと、環奈は空を見上げながら静かに話し出した。

「正直なところ、こっちに来てから楽しいことはあまりなかったんですよね。陣平君のように私が考えていること、言わんとすることをわかってくれる人はいませんでしたから……」

田舎で暮らしていた時と同じように周囲からは気味悪がられ、いじめとまではいかないものの友達らしい友達はできなかったという。

「中学生になったら男子に声をかけられることが増えましたが、それが純粋なものであると思うほど私は素直ではありません。まぁそのおかげでますます一人になっちゃいましたけど」

言いながら苦笑いを零《こぼ》す環奈。そして孤独な毎日を埋めるため、のめり込むように勉強をしたと続けた。そうしたらいつの間にか起業して、社長になっていたとも。

環奈がどれだけ辛《つら》い思いをしてきたか。それがわかるのは本人だけ。俺には到底理解することはできないだろう。大変だったな、苦しかったな、なんて慰めの言葉をかけたところで届きもしなければ響きもしない。だから俺から環奈にかける言葉はこの一言だけ。

「……よく頑張ったな、環奈」

言いながら優しく、子供の頃にしてあげたように頭を撫《な》でる。絹のように滑らかな髪を梳《す》くように何度も、何度も撫でる。

「もう……いつまでも子供扱いしないでください。私は立派な大人ですよ？　泣いたりなんてしませんよ？」

「そうだな。でも泣きたい時には泣いてもいいんだぞ？　人は泣けるんだからな」

涙を無理に我慢することはない。子供だろうと大人だろうとそれは同じ。もしも社長だから弱いところを見せられないというのなら、せめて俺といる時だけは普通の女の子でいればいい。そう思いを込めて幼馴染の頭を撫でる。

「ありがとう、陣平君。本当に……ありがとう」

か細い声で言いながら環奈は俺の胸に顔を押し当ててくると、その宝石のような綺麗な瞳から雫《しずく》を流した。子供の時とは違い静かに肩を震わせる幼馴染を華奢《きゃしゃ》な背中を、俺は赤子をあやすようにさする。

「本当によく頑張ったな、環奈」

「はい……なので何かご褒美《ほうび》をくれませんか？」

「おやおや？　いきなり流れ変わったな？」

「具体的に申し上げますと、私と褥《しとね》を共にしてください。それで笹月さんを抱きしめながら寝ていたことは不問に付してあげます」

環奈の抑揚のない声にぶわっと嫌な汗が噴き出る。まさか俺が抱き枕にされているところを見られていたのか⁉　いや、そんなはずはない。真っ暗だったし、近づかない限りはわからないはずだ。

「まるで仲のいい兄妹《きょうだい》のようでしたね。この場合、笹月さんは義妹ということになるのでしょうか？　別に羨ましくなんてありませんよ？　子供の頃、陣平君の腕の中は私の特等席だったのに今はもう違うんですね」

　そう言いながらチラッと上目遣いで見つめてくる環奈。可愛《かわい》い仕草のはずなのに、如何《いかん》せんハイライトが消えて底の見えない深淵《しんえん》のような瞳なので恐怖しかない。汗が滝のように流れる。

「えっと……つまり俺にどうしろと？」

「ベッドには戻らず、私の布団《ふとん》に入ってください。たったこれだけです。簡単なことですよね？」

「簡単？　簡単……なのか？」

「大丈夫、安心してください。ナニもしませんから。昔のように一緒の布団で寝るだけ。ただそれだけですから！」

　それは絶対に何かしようと企《たくら》んでいる人間の言うセリフだ。わかりやすすぎてツッコむ気すら起きない。

「はぁ……わかったよ」

「もし嫌だというなら私がベッドに行きます！　これ以上陣平君を笹月さんの抱き枕には──って今なんと？」

「環奈《かんな》の言葉を信じるって言ったんだよ。何もしないんだよな？」

「そそそ、それはもちろん！　決して、絶対に、神に誓って、ななな何もしませんよ？」

目が泳ぐとはまさにこのこと。声も震えているし、やる気満々だったんじゃないか。俺はため息を吐《つ》きながら踵《きびす》を返す。

「身体《からだ》も冷えてきたしそろそろ戻ろう。昔みたいに一緒の布団で寝るんだろ？」

「はい！　陣平君ならそう言ってくれると信じていました！」

ガバッと大型犬がじゃれつくように環奈が背中にくっついてくる。泣いたり。怒ったり。喜んだり。感情の起伏がジェットコースターのようだが、これこそが俺の知っている花園《はなぞの》環奈の本来の姿である。

「ナニかしたらすぐにベッドに戻るからな？　くれぐれも、大人しく寝るんだぞ？」

「えへへ……わかっていますよ。ですがご存じのように私は何かに抱き着いていないと眠れない質《たち》なので事故は起きるかもしれませんがご容赦を」

「ついさっきまで普通に寝ていた人の台詞《せりふ》ではないな」

なんて他愛もない話をしながら俺達は部屋へと戻り、ドキドキと昂《たかぶ》る心臓を悟られないように一緒の布団に入る。

「それじゃ……おやすみ、環奈」

「はい。おやすみなさい、陣平君」

良い夢を、と彼女の慈愛に満ちた声を聞きながら俺はゆっくりと瞼《まぶた》を閉じる。すると不思議なことに眠気はすぐにやってきて、俺の意識はあっという間に深海へと落ちていった。


そして迎える朝。

カーテンから差し込む日差しで目を覚ました俺が最初に感じたのは、身体にのしかかる異様な重さと春の朝とは思えない異常な暑さだった。

その理由は他でもない。いつの間にかベッドから移動していた笹月《ささづき》に抱き着かれ、浅桜《あさくら》が背中に張り付き、さらに環奈が布団代わりに俺に覆いかぶさっていたからである。

「勘弁してくれ……」

ゴールデンウィーク最終日は傍《はた》から見たら羨ましさの極み、当事者としては困惑の極みのような、筆舌に尽くしがたい状態でスタートするのだった。

# 第七話　いつだってトラブルは唐突にやってくる

様々な意味で充実した大型連休が明けて数日が経《た》った平日の夜。俺の家には当然のように環奈達が入り浸りに来ていた。

「陣平《じんぺい》君、喉が渇きました！　お茶を所望します！」

俺の勉強机を使ってせっせとノートを写している環奈。今日は仕事の都合で一日休んだので作業が大変なのはわかるが、家主の俺を執事か何かのように顎で使うのはやめてもらいたい。

「ねぇ、五木《いつき》。環奈なんて放っておいてマッサージしてくれないかな？　というかどうして今日は部室に来なかったのさ」

俺のベッドに横たわっている浅桜が唇を尖《とが》らせながら足をバタバタとさせている。短くしている制服のスカートが翻《ひるがえ》って奥の秘宝が見えそうになっているから今すぐ大人しくなってほしい。あと我が物顔で占領するな。

「五木……麻婆豆腐《マーボードウフ》は辛さマシマシ、痺《しび》れマシマシでいいかな？　いいよね？　答えは聞いてない」

「よし、少し落ち着こうか！　夕飯を作ってくれるのはありがたいけどそれを食べられるのは笹月だけだからな⁉」

我が家の狭い台所では笹月が絶賛調理中。献立は以前一緒に買い物をしたものの色々あって作ることが出来なかった麻婆豆腐。完成間近なのだろう、香辛料のいい香りが漂っていて食欲をそそる。

笹月の得意料理兼好きな物ということで気合いが入っているのはいいことだが、如何せん味付けが攻めすぎだ。

「フッフッフッ。残念だけど時すでに遅し。もう大量に振りかけちゃった」

そう言いながらてへっと舌を出す笹月に思わず俺は頭を抱える。辛さは豆板醤《トーバンジャン》、痺れは花椒《ホアジャオ》だろう。しかも花椒はわざわざ実の状態の物と粉末の二種類を用意している徹底ぶり。環奈と浅桜が阿鼻叫喚《あびきょうかん》する未来が目に浮かぶ。

「はぁ……次はほどほどにするんだぞ？」

「うん、覚えていたらね。もうすぐできるからテーブルの上、片づけておいてくれると助かる」

これはまた絶対にやるな、と確信しつつ俺は「わかった」と答えてリビングへ戻る。

この家で生活を始めて一ヶ月と少し。改めて部屋を見渡してみると暮らし始めた時から荷物の量が三倍になっていた。それが何を意味するかは推して知るべし。

「よしっ、ノートの写し全部終わりました！　浅桜さん、ベッドを空けてください。私がダイブするのに邪魔です」

「お疲れ、環奈。でもベッドはマッサージが終わるまでは渡せないね。悪いけど他をあたってくれるかな？」

「そのマッサージとやらはいつ始まるんですか？　陣平君の匂いがたっぷり染《し》みついているベッドでゴロゴロしているだけなら代わってください」

ここからは私のターンです、と宣言する環奈。だが浅桜は口元に不敵な笑みを浮かべると環奈を嘲笑《あざわら》うかのように俺の枕にポスッと顔を沈めた。

「あぁぁあああ！！！　今すぐそこをどいてください、浅桜さん‼　陣平君の枕に顔をうずめるのは私です！」

「ハッハッハッ！　残念だったね。すでにここは私の領地だから立ち入りはご遠慮願おうか。どうしてもって言うなら私と戦って奪うことだね」

「なるほど……わかりました。そういうことでしたら徹底的にやりましょう。どちらが上か、白黒つけようじゃないですか！」

バチバチと火花を散らす美女二人に重たいため息が出る。俺の与《あずか》り知らないところで枕を奪い合うのはやめていただきたい。

「二人とも、いい加減その辺にしておこうか？　もうすぐ夕飯が出来上がるから食べる準備をしような？」

「何を言っているんですか、陣平君！　私が浅桜さんから枕を取り返そうとするのを邪魔するんですか!?」

「夕飯の前にマッサージしてよ、五木。そうすればこの争いはすぐに終わるよ？」

俺の忠告を無視して環奈と浅桜は好き勝手なことを言っているが、そろそろ大人しくしてほしい。さもないと料理長の雷が落ちることに——

「——いつまで遊んでいるの？」

感情の消えた底冷えするような低い声。一瞬で室温が下がり冷や汗が背中から噴き出る。ギギギと壊れたゼンマイ人形のようにゆっくりと振り返ると、そこには案の定お怒りモードの笹月が腕を組んで仁王立ちしていた。

「私が一生懸命料理をしている間に五木の枕を取り合うなんていいご身分。夕飯抜きにされたい？」

「わ、私は悪くありませんよ！　ノートの写しを終えた自分へのご褒美にベッドに寝転がろうとしたのに浅桜さんに邪魔されたんです！」

「それを言うなら私は部活で酷使した身体を五木にマッサージをしてもらおうとしただけだよ！　それなのに環奈がベッドを空けろって言うから……！」

二人の見苦しい言い訳を聞いた笹月の口角がゆっくりと上がっていく。顔は笑っているが目は笑っていないとはまさにこのこと。そして環奈と浅桜は蛇に睨《にら》まれた蛙《かえる》、王の判決を待つ罪人だ。俺はそれを震えて見守る傍聴人といったところか。

「……うん、よくわかった。つまり二人とも反省する気はないってことだね？」

「わ、悪いのは浅桜さんです！　私は無実を主張します！」

「それはこっちの台詞だよ！　悪いのは環奈！　私は部活で疲れたからベッドで横になっていただけ！」

この期《ご》に及んでなおも責任のなすりつけ合いをする二人の姿は呆《あき》れを通り越して憐《あわ》れですらある。素直に謝ればいいものを、これでは火に油を注ぐだけになると何故《なぜ》気付かないのか。

「判決を言い渡す。お前達二人は——激辛麻婆豆腐の刑に処す。五木、準備をして」

「……承知しました」

王の判決は絶対。それが如何《いか》に理不尽かつ地獄のような内容であっても執行しなければならない。環奈と浅桜の悲鳴を背中で聞きながら俺は台所へと向かい、二人分の麻婆豆腐をお皿に盛りつけてお盆に載せ、そこに七味唐辛子と花椒の瓶を添える。

「二人にはこれから私特製の麻婆豆腐の一番おいしい食べ方を特別に教えてあげる。門外不出だから墓場まで持っていくように」

「ちょ、ちょっと待ってください笹月さん。すでに十分美味《おい》しそうな麻婆豆腐にまだ何か加えるつもりですか？」

「この距離でも鼻にツンとくる香りがしているんだけど⁉　まさかさらに唐辛子を加えるとか言うんじゃないだろうね⁉」

「勘がいいね、浅桜。そのまさかだよ。大丈夫、ちょっと舌が痺れるけど身体が火照《ほて》っていい汗をかけるよ。それにご飯もススム」

そう言ってニヤリと微笑《ほほえ》む笹月。傍から見ると可愛《かわい》いが、恐らく二人の目にはラスボスの魔王のように映っていることだろう。ご愁傷様以外にかける言葉が見当たらない。

「さぁ、楽しい楽しい夕食の時間だよ。二人とも、席に座ろうか？」

「助けてください、陣平君！　あんなのを食べたら口からファイヤーしちゃいます！」

「後生だ、美佳《みか》。私は辛い物がそこまで得意じゃないんだ。それに何事にも適量があると思うんだよね！」

「つべこべ言わずにさっさと座る。それともまさか二人は五木にあーんってしてもらわないと食べられないの？」

「「うぐっ」」と二人そろってうめき声をあげる。そこは「「そんなことはない！」」と即座に否定してくれないだろうか。どうしようかと逡巡《しゅんじゅん》するのもやめてくれ。

「でもダメ。五木にあーんってしてもらうのは頑張って四人分の夕食を作った私。そうだよね、五木？」

ずいっと顔を近づけながら笹月が問いかけてくる。ここで上目遣いをするのは反則だ。思わず首を縦に振りたくなるところを既《すん》のところで堪《こら》え、俺は努めて冷静に言葉を返す。

「夕飯を作ってくれたお礼はしたいところだけど、残念ながらあーんは恥ずかしいので笹月にもしません」

「それじゃあとで頭を撫《な》でてくれるだけでいいよ。これくらいならいいでしょ？」

「まぁ、それくらいなら後でいくらでもしてあげるよ」

お盆をテーブルに置きながら、特に深く考えることなく俺がそう答えた瞬間。環奈《かんな》と浅桜の二人が声にならない悲鳴を上げ、笹月は勝ち誇ったような笑みを浮かべた。もしかして致命的な選択ミスをしたのか、俺？

「フッフッフッ。またしても言質《げんち》はとった。洗い物はそこの二人に任せてご飯食べ終わったらたくさん撫でてもらうからね、五木」

「何をやっているんですか、陣平君！　今のはドアインザフェイス。無理難題を押し付けた後に本命の要求を通すのはビジネスでは常套句《じょうとうく》だってことを知らないんですか⁉」

「これが天才女優の実力というやつか……美佳、なんて恐ろしい子なんだ。私も見習わないと……」

環奈は俺の肩を摑《つか》んで「何してんだぁ！」と言わんばかりにガクガクと激しく揺らし、浅桜《あさくら》は顎に手を当てて神妙な顔つきで頭の悪いことを呟《つぶや》いている。そしてこの混沌《こんとん》を生み出した元凶は鼻歌を歌いながら自分の分の麻婆豆腐をよそいに台所へ戻っていく。

「もう勘弁してくれ……」

俺の悲痛な呟きは泡のように消えるのだった。

＊＊＊＊

ドタバタとした夕食を終えて、時刻は現在20時を回ったところ。環奈と浅桜に洗い物をやってもらっている間、俺は笹月《ささづき》を何故か膝の上に乗せて頭を撫でていた。子犬を愛《め》でたくなる飼い主の気持ちがわかった気がする。

「ハァ……極楽極楽。頑張って料理したかいがあった」

ご満悦な笹月とは対照的にぐぬぬと台所から怒りと嫉妬、さらに怨念が入り混じったような二人のうめき声が聞こえてくるが無視するように努める。気にしたら呪われそうだ。

「そういえば月末はバザーがあるのか。今年は何を出そう」

「バザー？　そんなのがあるって聞いてないいんだけど？」

もしかして簾田《みすた》先生の話を聞き逃したのだろうか。ただあの人が単純に言い忘れているだけの可能性も無きにしも非《あら》ずではあるが。

「陣平《じんぺい》君は高校からの入学組なので知らないのは無理もありません。このバザーは天橋《あまのはし》立《だて》学園に通っている生徒なら全員知っている恒例行事ですから」

「下は小学校から上は高校まで。各自自宅にある不要になった物や使っていない雑貨なんかを持ち寄って来た人に売るんだ」

要するに大規模なお祭りだよ、と言いながら洗い物を終えた二人がリビングへ戻って来た。

「へぇ……そんな催しがあるのか。もしかして知っていて当たり前のことだから簾田先生が話してないなんてことはないよな？」

「ありえなくはありませんが、さすがにそんなことはないと思いますよ。なにせ高校生とそれ以外ではこの行事に対する意気込みは大分違いますから」

「どういう意味だ？」

「小・中学生は売り上げを全額寄付する決まりになっているんだけど、高校は一部を手元に残していいことになっているんだよ。それじゃ五木《いつき》。残した分は何に使うと思う？」

浅桜の問いに俺は「さっぱりわからない」と返す。学年問わず、一律全額寄付にした方が不満も出なくていいんじゃないだろうか。小首を傾《かし》げる俺に浅桜が得意気な顔で正解を口にする。

「バザーで得た収益の一部は秋の文化祭の費用に補塡することが出来るんだよ。高校生にもなれば自立も求められるからね」

「なるほど。つまり良い思い出を作るためには自分達で考えろってことか……」

文化祭は学校行事の中でもトップ3に入る一大イベントだ。それをただ楽しむだけではなくクラス間で出し物に差をつけるようなことを事前に仕込むとは中々粋なことをするじゃないか。

「高校からは何を売るかも自分たちで考えていいので、持ち寄った不用品以外にクラスのみんなで手作りの品を作って販売がしたいですね。他との差別化にもなりますし」

「確かに用意できれば売り上げは大いに期待できるね。用意できればだけど」

「これまで数多《あまた》の先人たちが同じことを思いついて実行しようとしたけど結果は散々。赤字を垂れ流して終わる悲劇」

バザーは月末の土日に開催される。つまり準備期間は二週間とちょっとしかない。これでは手作り品を用意するのはほぼ不可能だ。

「だからこそみんなで知恵を絞って頑張るんじゃないですか！　上手《うま》くいってもいかなくても、きっと楽しい思い出になると思います！」

「それもそうだな」

田舎だと生徒の数が少なかったのでこういった大規模な学校行事は経験がないから楽しみではある。ただそれ以上に環奈が楽しそうにしているのが無性に嬉《うれ》しかった。

「何をするにしても決めるのは明日以降だね。そんなことより、美佳はいつまで五木の膝の上に座っているつもりかな？」

「そもそも頭を撫でてもらうだけの約束でしたよね⁉　どうして膝の上に、しかもさも当然のように座っているんですか⁉　今すぐ私に譲ってください！」

「え、嫌だが？」

全てを一刀のもとに切り捨てる笹月の発言により、鎮火していたはずの争いの火種が再び轟々《ごうごう》と燃えだして俺は深いため息を吐《つ》く。とはいえ最早《もはや》三人の姦《かしま》しいやり取りは日常となっているのでいきなり無くなったら困惑するだろう。

なんてことを呑気《のんき》に考えていた翌日。事態は思わぬ方向へ転がることになる。

＊＊＊＊

翌日の放課後。

予想していた通り簾田先生の口からバザーの説明が朝のHRであり、それを受けて俺達のクラスでは早速何を販売するかを話し合う会議が行われることになった。だが妙なことに何故か教室内の空気が重たい。浅桜と笹月も神妙な顔付きになっている。

「なぁ、和田《わだ》。これから話し合いをするのに雰囲気悪くないか？」

前の席に座っている情報通の友人に小さな声で尋ねる。すると和田は「そのことか」と呟きながらポケットからスマホを取り出してとある画面を俺に見せてきた。

「昼過ぎにアップされた花園《はなぞの》環奈の特集記事なんだが、十中八九この不協和音の原因はこいつだ」

記事のタイトルは『【何故《なぜ》中三で企業を？】現役女子高生社長・花園環奈さんのこれまでとこれから』というもの。簡単な経歴と環奈が立ち上げた会社が作っている商品の紹介とそれに対する彼女なりの想《おも》いなどが丁寧に書かれている。これのどこが原因になりえるのだろうと不思議に思っていると、

「問題は最後の方にある学園行事についてのコメントだよ。そこで月末のバザーについて聞かれているんだが、その答えがちょっとなぁ……」

ポリポリと頭を掻《か》く和田。読み進めていくと確かにその項目に行きついた。このイベントを楽しみにしていると言っていた環奈に限って変なことを言うとは思えないのだが。

『天橋立学園では五月に恒例のバザーが開催されますよね？　そこで会社の商品の販売はされるのですか？』

『いえ、バザーでは試供品を含めて会社の商品を販売する気はありません。なにせ遊びですからね』

そう笑顔で答える環奈の写真を見て俺は思わず頭を抱える。ここまで完璧な受け答えをしてきたのに最後の最後で悪い癖が出てしまったか。

「そりゃ花園さんは社長だからな。材料費やら人件費やら色々考えないとダメなのはわかるぜ？　試供品だってタダで作れるわけじゃないからな。だけどバザーを遊びって言うのは違うだろう？」

和田の言葉はもっともだと思う。記事のコメント欄には環奈の才能や商才を褒める一方で〝学校行事を遊びって言うのはおかしくないか？〟などネガティブな意見もチラホラあった。

またこの記事を読んでクラスメイトの多くがしらけているのも事実だし、環奈に対して教師陣も困惑していると和田は口にした。

「いわゆる炎上ってやつだな。まぁこの場に本人がいないのがせめてもの救いだな」

そう言って肩を竦《すく》めながら重たいため息を吐く和田。環奈は午後から仕事があるとのことで早退したのでこの場にはいない。

この如何《いかん》とも し難《がた》い空気に晒《さら》されずに済んだのは不幸中の幸いだが、一方で事態を収拾するためには一刻も早く彼女の口から真意を説明した方がいいのも事実だ。

環奈がバザーを楽しみにしていることを俺は知っている。だが俺と環奈が幼馴染《おさななじみ》であるということは知られているので、説明したところで庇《かば》っていると思われるのがオチだ。

さて、どうしたものか。

「そ、それでは今月末に行われるバザーについてのクラス会議を始めます！」

俺が一人で思案していたら、いつの間にか教壇の上に委員長が立っていて会議が始まった。議題は昨晩我が家でも話した持ち寄り品以外に何か売るか、その場合何を売るかについてなのだが——

「今まで通り、家から適当な物を持ち寄るだけで他は何もしなくていいんじゃない？」

「時間もないし金もないし。何か作って売ろうとしても赤字になるのは目に見えているよね」

「花園さんが会社の試供品を提供してくれたらよかったのにねぇ。まぁ学校行事が遊びな人にお願いするだけ無駄かぁ」

男女問わず、みな意見を出すというよりは文句を口にするので会議どころではない。しかも話を聞く限り、みな環奈《かんな》の会社の試供品をあてにしていたようだ。その梯子《はしご》を唐突に外されてみな怒りと落胆がごちゃ混ぜになっている。

「捕らぬ狸《たぬき》の皮算用とはまさにこのこと」

「好き勝手すぎるね、まったく」

喧噪《けんそう》に紛れて笹月と浅桜の呟きが聞こえてくる。昨夜の話を聞いていた二人にはきっと記事に書かれている発言の裏に真意が隠れていることは察しているはずだ。だからと言ってそのことを切り出すには学校内で環奈との接点がない。

「そ、それじゃ一旦バザーの品は各自家から不用品を持ち寄るということで！　今日のところはこれで解散します！」

教室に色濃く滲《にじ》む落胆の色。みんなのやる気は目に見えて落ちている中、これ以上は時間の無駄かつ沈黙に耐えきれなくなった委員長が引き攣《つ》った顔で解散を宣言する。

ゾロゾロとカバンを手に教室から出ていく生徒達。高校生活が始まって一ヶ月半近く。早くもクラス内に大きな亀裂が走る音が聞こえた気がした。

「おいおい……この調子で大丈夫か？」

田舎での学校生活の中では一度も体験したことのないギスギスした雰囲気に俺は困惑する。一致団結とは程遠い。

「まぁ何とかなるだろうよ。なるようにしかならないともいうけどな」

どこか諦観した口調で和田は言うと部活に行くべく教室を出て行った。この場合のなるようになるというのはこの炎上が収まって何事もなく終わるという意味でいいのだろうか。それともまさかこのままの状態が続く、もしくはさらに悪化してよくない結果になるのだろうか。

「……ホント、どうしたもんかな」

だが得てして悪い予感というのはよく当たるもので。

今日こそはマッサージをしてもらうからね、と浅桜《あさくら》から怒りのスタンプとともにメッセージが届いたので部活が終わるまで俺は校内をフラフラと散歩して時間を潰していた。

「バザーの品、どうするかなぁ……」

上京してきた俺にとってバザーの品として提供できるものはない。かといって実家から何か送ってもらうわけにもいかない。

じっとしているより身体《からだ》を動かしていた方がいいアイディアが浮かぶと、恩師の葛城《かつらぎ》先生に言われたことを思い出して実行したのだが大して効果はなかった。

「そういえば……葛城先生はこの学園のOGだって言ってたよな。あとで相談してみるか」

結局三時間ほど歩き回った末に出た結論はこれだけ。いくら経験したことがないからと言っても我ながら情けないにもほどがある。

気が付けば日は沈み、部活はとうに終わる時刻となっていた。

「浅桜、怒っているだろうな……」

どこでなにをしているのか、まさか帰ったんじゃないだろうね、など浅桜から鬼のようなメッセージが届いたのを見て心の中で頭を抱えながら急いで教室に戻る。カバンを回収して部室に向かわないと――

『花園さん、調子乗っていると思わない？』

『現役JKで敏腕社長って言われてちやほやされているからじゃない？』

「――ん？」

扉に手をかけたところで教室から女子達による雑談が聞こえてきた。他愛のない話ならわずかな躊躇《ためら》いを覚えつつも中に入るのだが、今回ばかりはそうもいかない。思わず扉を開ける手が止まる。

『親が金持ちでもないのによく起業出来たよねぇ』

『もしかして裏でパパ活とかやってたりして？　あの顔と身体ならお金持ちのおじさん取り放題でしょ』

頭が沸騰し、目の前が真っ赤に染まるような感覚。環奈はそんなことをするような子じゃない。一秒でも早くこの誤解を解くべく扉を開けようとしたところで後ろから袖を掴《つか》まれる。

「待った。教室に入って何をするつもり、五木《いつき》？」

「落ち着いて、五木。その顔で乗り込むのはダメ。怖すぎる」

振り返ると浅桜と笹月《ささづき》がいた。二人とも肩で息をしている上に表情も険しい。

「どうして二人がここにいるんだ？」

「そりゃ五木がいつまで経《た》っても部室に来てくれないからに決まっているでしょう？　でもよかった。事件を未然に防ぐことが出来て」

「あのまま五木の突入を許していたら悲惨なことになっていた。浅桜、グッジョブ」

安堵《あんど》のため息を吐《つ》く浅桜の肩をポンと叩《たた》く笹月。その不可思議な会話とやり取りに俺は困惑する。

「五木、幼馴染を庇いたい気持ちはわかるけどここは我慢して。今キミが出て行っても収拾するどころかさらに炎上するだけだよ」

「浅桜の言う通り。ここは我慢して。自分がどんな顔をしているか鏡を見た方がいい。相当怖い顔になってるよ？」

そう言いながら笹月はスマホでパシャっと俺の写真を撮って見せてきた。そこに映っていた俺の顔は確かに強張《こわば》っていた。

「愛する人を殺した犯人へ復讐《ふくしゅう》を決意した男みたいな顔になってる。これが撮影なら一発オッケー間違いなしだけど、一応とはいえクラスメイトに向けるのはダメ」

「だいたいその通りだけど、さすがに一応は余計だよ、美佳《みか》」

友達か、友達以外かではっきりと対応を分ける笹月に浅桜と一緒に苦笑する。いくら何でも復讐者は言い過ぎだと思う。まぁ今更ながら怒りで我を忘れていたと反省はしているけども。

「とにもかくにも今日のところは帰るよ。まずは炎上を鎮火させる手立てを考えよう。誤解を解くのはその後」

「落ち着くのも大事。冷静にならないと何も浮かばないよ」

「……そうだな。二人とも、ありがとう」

己の無力さに唇を噛《か》みながら、しかし頼もしい友人たちのおかげで落ち着くことが出来た。

「よしっ！　話もまとまったことだし家に帰ろうか。腹が減っては戦は出来ぬって言うし、まずは腹ごしらえだね」

「五木、何が食べたい？　今夜は五木が食べたいものを作ってあげる」

「ちょっと待って。たまには私が作るよ。美佳にばかり任せるのは申し訳ないからね」

「ダメ、浅桜は台所立つの禁止。私と五木の仕事が増えるだけだから」

そんなぁ、と本気で落ち込む素振りをみせる浅桜。援護射撃を求めるようにこちらに視線を向けてくるが俺はふるふると首を横に振る。

「悪いな、浅桜。こればかりは笹月の言っていることが全面的に正しい」

ちなみに我が家の台所は浅桜だけでなく環奈も出禁になっている。二人とも決して料理が出来ないわけではない。ただ何故《なぜ》か、どうしてもレシピ通りに作れない呪いにかかっているのだ。

「大丈夫！　今日はちゃんと作るから！　いつもみたいなことはしないから！」

「そういって鍋でクトゥルフ神話の化け物みたいな料理を作ったことを私は許してないからね？」

いつも日向《ひなた》ぼっこをしてのほほんとしている猫のような笹月の辛辣な一言にグハッと喀《かっ》血《けつ》しながら胸を押さえる浅桜。一体どんな料理を作ったのか、それは天才スプリンターの名誉のためにもノーコメントとさせていただこう。

＊＊＊＊＊

ごねる浅桜を笹月と協力して台所から締めだして安心安全な夕食を食べ終えてひと段落した頃には20時を過ぎていた。

「結局、環奈は来なかったね。仕事が忙しいのかな?」

食後の紅茶を飲みながら浅桜がぽつりと呟《つぶや》く。彼女の言葉通り、珍しく環奈はこの場にはいない。仕事の都合で学校を早退したり休んだ日でも必ずと言っていいほど遊びに来ていたのに。

「原因はあの記事とコメント。あとその他もろもろのSNS。それを花園《はなぞの》も見たと考えるのが妥当」

「まぁそうだよね……あれを見たらさすがの環奈も落ち込むのも無理はないか」

「身から出た錆《さび》というか、昔からの悪い癖というか……頭の回転が速すぎて言葉足らずになるのはよくないよな」

事態は思いの外深刻だが、一周回って小さな頃から変わっていない幼馴染《おさななじみ》の姿に苦笑いが出る。こんな時に不謹慎かもしれないが環奈らしいとも思う。

「ねぇ、五木。もしかして環奈って子供の時からあんな感じだったの?」

「あんな感じって言うのが何を指しているのかにもよるけど、環奈は昔からあんな感じだよ」

無駄に難解な四字熟語を使ったり、相手の思考を独自に先読みして気味悪がられたり。頭の回転が良すぎる上に学んだことを乾いたスポンジのように吸収していくので、当時は神童と呼ばれていた。

「へぇ……花園ってそんなに凄《すご》かったんだ」

ずずとお茶を飲みながらお茶請けに手を伸ばす笹月。小さな身体な割には食欲旺盛で、それでいてスマートな体形を維持しつつ出るところは出ているというわがままさんの尤《もっと》もな感想に俺は頷《うなず》きつつ話を続ける。

「神童なんていえば聞こえはいいけど、それは大人たちにとっての話だからな。子供にしてみれば自分達とは何もかも違う気味の悪い奴《やつ》だよ」

環奈《かんな》ちゃんは何を考えているかわからない。言っていることも難しくてわからない。ただでさえ人の少ない田舎。子供の数も都会と比べたら天と地の差がある。そんな中で突出した才能は賞賛ではなく異端となった。

「だから環奈に友達って呼べる奴は俺以外にはいなかったんだよ。まぁそれはこっちに来ても変わっていなかったみたいだけど」

「それじゃもしかして五木は当時から環奈と会話が成立していたってこと？」

「それがどうかしたのか？」

「灯台下暗しとはこのことだね。というか色んなことがありすぎて五木が特待生だってことをすっかり忘れてたよ」

そう言って苦笑する浅桜に笹月もうんうんと首を縦に振って同意を示す。それがすごいことだと言われてもいまいちピンとこないのは、それが俺にとっては当たり前になっているからだ。

「ただ環奈が引っ越してからの十数年の間、どんな毎日を過ごしてきたのかちゃんと聞いていないんだけどな」

それこそ機会は何度もあった。ただそれをしてこなかったのは今を楽しそうにしている彼女の姿を見て、過去のことはいいと心のどこかで思っていたからに他ならない。でもだからこそ、このタイミングを逃したらダメな気がする。

「……ちょっと環奈と話してくる」

「私たちのことは気にしないでいいよ。むしろ提案しようとしたところだよ」

「そうそう。直接話さないとわからないこともある」

「ありがとう、浅桜、笹月」

二人に感謝をしてから、俺はベランダへと移動して環奈に電話をかける。深夜に並んで話した時とは違い、今夜は厚い雲に覆われていて月は見えない。

『もしもし？　陣平君《じんぺい》が電話なんて珍しいですね。もしかして寂しくて私の声が聴きたくなったんですか？』

開口一番、環奈は普段と変わらない明るい声で軽口を叩くが、それが空元気であることに気付かないほど俺は馬鹿じゃない。何故なら過去に――十数年前に俺は同じことを経験している。

「……大丈夫か、環奈？」

俺はただ一言、気丈に振る舞っている幼馴染に尋ねた。

『陣平君には敵《かな》いませんね。全部お見通しなんですね？』

今にも泣きそうな程力のない声で環奈はそう口にする。やはり笹月の推察通り、環奈は記事に対するコメントを見て炎上していることを知っているようだ。

「特集記事、俺も読んだよ。最後の最後でやらかしちゃったな」

『アハハ……まさかこんなことになるとは思いませんでした。ネットって本当に怖いですね』

「まぁ大半が賞賛するコメントだったけどな。さすが、俺の自慢の幼馴染だよ」

我ながら情けない。少しは大人になったはずなのに、こんな時にどんな言葉をかけてあげたらいいかわからなかった。

電話越しに気まずい沈黙が流れる。風の音。車が走る音、若者たちが騒ぐ音。そして背後で息を呑《の》む音がやけにはっきりと聞こえる。数秒か、数分か。静寂を破り、環奈が悲痛な胸の内を吐露し始める。

『正直なところ、陰で色々言われていることは知っています。無謀だとか、調子に乗っているだとか。でもそれ以上に応援してくれる人の方が多いことも承知しています』

出る杭《くい》は打たれる。悲しいことだがこれは学校や社会、子供だろう大人だろうと、どこにいてもどの世代においても起こりうること。妬み、嫉《そね》み、時には憎しみ。それが人の業《ごう》というものだ。

『でもあの記事に書かれているコメントを見たら……きっとクラスのみんなも皆裂髪指《しれつはっし》になっているんだろうなって……』

どんな顔をして学校に行けばいいかわからない。そう環奈は消え入りそうな声で口にした。何か言葉を返さないと。慰める？　それとも叱咤激励《しったげきれい》する？　どれも違う気がしてわからない。

『陣平君、覚えていますか？　昔遊んでいた時に「環奈ちゃんが何を考えているかみんな

もわかればいいのにね」って言ってくれたこと』

「……あぁ、もちろん覚えてるよ」

俺以外の同年代の子供たちから気味悪がられ、友達はおろか時には石を投げられたこともあった環奈にかけた幼いが故の無邪気な言葉だ。

『この言葉があったから今の私があるんです』

曰《いわ》く、これがきっかけで環奈は嬉《うれ》しかったりドキドキしていることを視覚で伝えるイヤリングを開発して会社を立ち上げたそうだ。思っていることを上手《うま》く口に出せないけど、これを付けていれば今自分がどんな気持ちなのかを相手に伝えることが出来る。

『でもダメですね……私は根本的なところで昔と何も変わっていません。いくら感情を視覚化できたとしてもちゃんと言葉にしないとダメなのに……』

炎上のきっかけとなったのも言葉が足りなかったからに他ならない。思考を数段飛ばすことなく、間に言うべきことを言っておけば防げたことだ。

『自分でもどうしたらいいかわからなくて……現在進行形で頭の中がグチャグチャなんです』

ダメですね、ホント。と自嘲気味に言う環奈。このままいくと自分のせいでクラスは空中分解してバザーどころかこの先にある行事をすべて失敗してしまうのではないかと今にも消えてしまいそうな、涙まじりのか細い声で口にする。

「……俺が何とかする」

幼馴染の悲痛な叫び。気が付けば俺は血が滲《にじ》むほど強く唇を噛《か》みしめながら呟くように言っていた。

『……え？』

「俺が何とかする。任せておけ、環奈」

呆《ほう》けた反応をする環奈を安心させるように俺は力強く宣言する。自分の無力さを嘆いている時間はない。そんなことで立ち止まっている暇があるなら状況を打開するために行動しろ。

「今はみんな環奈の言葉を誤解して受け取っているだけだ。俺が一つずつそれを解く。そして環奈のバザーに対する本当の想《おも》いを伝える。だからもう泣くな」

『……陣平君。ありがとうございます』

電話越しの環奈が一筋の涙を流しながら笑みを浮かべているような気がした。

「だから安心して、今日は温かい湯船に浸《つ》かってゆっくり休むんだぞ。いいな？」

『はい、わかりました』

少し早いけどおやすみ、と言ってから電話を切って部屋へと戻ると、浅桜《あさくら》と笹月《ささづき》がニヤニヤと気色の悪い笑みを浮かべて待っていた。

「……なんだよ？」

「いやぁ……いいものを見させてもらったよ。ありがとう、五木《いつき》」

「美しきは幼馴染の友情。一本の映画が作れそうだよ」

うんうん、神妙な顔で頷く二人にため息を零《こぼ》しながら俺はベッドに腰かける。大見えを切った以上、炎上を鎮《しず》めた上でバザーを成功させる。そのために何かいい手立てはないかと真剣に考える。

「まぁ冗談はこの辺にして。私たちなりに環奈のためにしてあげられることを考えたんだけど聞いてくれるかな？」

「でもその前に念のため確認。花園のバザーは遊びって発言の真意って何？　私達と五木が思っていることは同じか聞いておきたい」

『そのことか。環奈はきっとこう言いたかったんだ。それは――――』

笹月に尋ねられた俺は一度苦笑いを零してから環奈の言葉の真意を伝える。それを聞いた二人は「いくら何でも言葉足らずが過ぎる！」と口を揃《そろ》えて呆《あき》れた顔になる。その気持ちはよくわかる。

「それで、環奈の思いを共有したところで二人の考えを聞かせてくれないか？」

「目には目を歯には歯を。記事には記事をぶつければいいかなって。大丈夫、私と美佳《みか》に任せて」

「名付けてハムラビ法典作戦。使えるものは何でも使うから大船に乗った気持ちでいるといい」

　むっふぅと自信満々に胸を張る笹月。幼い頃から魑魅魍魎《ちみもうりょう》が跋扈《ばっこ》する芸能界で生きてきた笹月なら何かしらパイプはあるだろう。浅桜も将来を嘱望されている陸上選手なので取材などは何度も受けていると考えれば、記事への対処は任せてもよさそうだ。

「そうなると一番の問題はバザーだな……」

「不用品を集めたところで他と変わらないし、かといって今から材料を用意して手作り品を作るのはほぼ不可能……どうする、五木？」

　手作り。そう言えば昔、環奈が引っ越すときに手作りのストラップをプレゼントしたよな。今でも大事に持っていてくれて嬉しかった——

「なぁ、浅桜。環奈の会社が作っている商品って身に着けている人の感情が色でわかる物だったよな？」

「そうだよ。確かイヤリングだったと思うけど……何か思いついたの？」

「あぁ……これならいけるかもしれない！」

俺はたった今思いついた案を二人に話すと、浅桜と笹月は揃って首を縦に振って「いいと思う！」と同意してくれた。

作戦は決まった。勝算は十分あるが、ここから先は時間との戦いでもある。俺は急いで実家へと電話をかける。

「もしもし、爺《じい》ちゃん？　遅くにごめん。ちょっと相談したいことがあるんだけどいいかな？」

# 第八話　初めての共同作業

私、花園環奈《はなぞのかんな》は本来そこにいるはずなのに誰も座っていない幼馴染《おさななじみ》の席に視線を送っていた。

ほんの些細《ささい》な発言で記事が一部の界隈《かいわい》で炎上してしまってから数日。クラスメイト達の視線を始め、学園の中で私に向けられる視線は自業自得《じごうじとく》とはいえあまり気分のいいものではない。

「陣平君……どこで何をしているんですか？」

誰にも聞かれないように小声で私は呟《つぶや》く。落ち込んでいる私に陣平君が電話をくれただけでも嬉しかったのに、「俺が何とかする。任せておけ」とも言ってくれて涙が溢《あふ》れそうになった。

だがそのやり取りを最後に陣平君からの連絡は途絶えた。メッセージを送っても既読すらつかないし、家に行っても灯《あか》りがついていないどころか人のいる気配すらない。事情を知っていそうな浅桜さんや笹月さんに尋ねてみても、

『五木を信じていれば大丈夫』

と言うだけでそれ以上のことは何も教えてくれなかった。

しかも同盟を結んでからというもの、毎日のように入り浸っていた二人も陣平《じんぺい》君の家に現れなくなった。おかげで家主すらいない家に一人で過ごす羽目になった。

「一体何を企《たくら》んでいるんですか、陣平君？」

だが結局。陣平君は始業の時間になっても登校してくることはなかった。朝礼の後に簾《みす》田《た》先生に尋ねてみたけど「五木なら今日には帰ってくると思うよ」と笑って誤魔化されてしまった。担任なのにあまりにいい加減ではないだろうか。

わかったことといえば陣平君がどこかに遠出しているということくらい。まさか学校をさぼって小旅行に行っているわけでもあるまいし、謎は深まるばかりである。

そんな私の不安と心配など知らないとばかりに、陣平君は昼休みになっても現れることなく、あっという間に放課後になってしまった。

いつもならこれで解散になるのだが、簾田先生が委員長に声をかけて急遽《きゅうきょ》今週末に開催が迫ったバザーについての会議が行われることとなった。

『今更話し合うことなんて何もなくない？』

『満場一致で不用品の持ち寄りって決まったよな。というかもうそれ以外選択肢ないだろう』

『まぁ誰かさんがクラスの輪を乱してくれたおかげだけどね』

ざわつきとともに不平と不満、さらに嫌味の言葉が教室中から湧き出る。目を閉じて耳を塞ぎたくなるが、浅桜さんと笹月さんがこちらを見ていることに気が付く。そして二人は同時に口パクでこう言った。

『お・ま・た・せ』

どういう意味ですか、と思わず声に出して尋ねようとした時。教室の扉がガラガラっと勢いよく開いた。

「ごめん、委員長！　遅くなった！」

そう言いながら教室に入って来たのは他でもない、陣平君だった。その言葉通りよほど急いでいたのだろう、珍しく肩で息をしている。だがそんなことより気になったのは彼が両手で抱えている段ボールである。教壇に置くとドスンと大きな音が鳴った。

一体あの中に何が入っているのだろうか。全員が同時に抱いたその疑問に答えるように陣平君は段ボールを開くと、中から指程のサイズの白い角のネックレスを取り出した。

「五木君、それはなんですか？」

クラスを代表して一番近くにいた委員長が尋ねる。

「鹿の角で作ったペンダントだ。これを作ってバザーで売るのはどうかな？」

「「「――――え？？？？？」」」

恐らくこのクラスになって初めて息が揃った瞬間だと思う。ただごく一部――――浅桜さん、笹月さん、それと簾田先生――――を除いてですが。そんな頭の上にクエスチョンマークを大量生産している私達に陣平君が説明を始める。

「俺の実家は超がつく田舎で近くに山があってさ。そこには野生の鹿が生息していて、毎年春になると角を落とすんだよ」

子供の頃、何度か陣平君のお爺ちゃんが山で狩ってきた鹿や猪《いのしし》などのジビエ料理を食べたことがある。でも角が落ちているのは知らなかった。

「鹿は秋の繁殖期になると雌鹿を巡って雄同士が角をぶつけあって激しく争うんだ。そして繁殖期が終わる春になると、役目を終えた角が落ちるんだ」

この角のことを一般的に落ち角と呼び、福を呼ぶ縁起物や魔除《まよ》けの意味もあるのだと陣平君は話した。

「うちの爺ちゃんは昔からこの落ち角を集めるのが好きでさ。毎年拾って集めているんだよ」

「もしかして、段ボールの中に入っているって……？」

「察しが良くて助かるよ、委員長。その通り。装飾品として使えるように切り出しと加工をした角がこの中に入ってる」

そう言ってニヤリと笑う陣平君。ここ数日間学校を休み、さらに家にもいなかったのは実家に帰ってこれの準備をするためだったということですね。

「都会じゃ珍しい鹿の手作りアクセサリーなら、不用品を持ち寄るよりは断然売れる可能性がある。しかも形や模様は一つとして同じものがない一点物とくれば猶更《なおさら》だと思わないか？」

「毎年やっているバザーでそんなものが売られていたら話題性は抜群だな。付加価値も含めてバカ売れ間違いなしだぜ」

みんながざわつく中、和田《わだ》君が先陣を切って陣平君の提案に同意を示す。これがきっかけとなり、徐々に空気が変わり始める。

「とはいえやっぱり問題になるのは時間だよな」

「あぁ……ここ何日かで俺に出来たのは角を加工するまでで、肝心のアクセサリーは全然出来てないんだ」

言うは易《やす》く行うは難《かた》し。アクセサリーを作ると一口に言ってもそもそも経験がなければ難しい。ましてや素材がビーズとかではなく鹿の角ともなればより難易度は上がる。

「――だからここから先はみんなの協力と環奈の力が必要だ」

「私の力が、ですか？」

突然名前を呼ばれて私は困惑する。同時にクラスメイトの視線が一気に集中する。けれど陣平君はまるでこの状況を待っていたかのように真剣な表情となって話を続ける。

「物は違えど、環奈はイヤリングを自分の会社で作っているから作り方は知っているだろう？　その環奈を中心に作業を進めていけば来週の本番までに十分な数をそろえることが出来るはずだ」

「それはそうですけど……」

陣平君の説明に再び教室がどよめく。私に対する好感度というか信頼度がゼロどころかマイナスの状況でみんなが協力してくれるとは思えない。現に小さな声で「ふざけんな」

「ありえない」などの声が聞こえてくる。

「そもそもみんなが気にしている環奈の〝バザーは遊び〟って発言だけど、これは決して本心じゃない。ただ言葉が足りなかっただけなんだ」

「それじゃ花園さんはなんて言いたかったんだよ？」

強い口調で至極当然の質問が飛ぶ。悪いのは私なのにどうして陣平君が責められる形になっているのだろうか。でも私が弁明をしたところで状況は好転するどころか火に油を注ぐだけ。歯噛《はが》みするしかない。

そんな私に陣平君はニコリと優しい笑みを向ける。言葉がなくても彼がなんて言っているのか伝わってくる。

「環奈が本当に言いたかったこと……それは〝ビジネスのことは忘れて、クラスのみんなと協力して取り組める催し物だから楽しみです〟ってことだ」

陣平君の言葉に一同ポカンとする。浅桜《あさくら》さんと笹月《ささづき》さんだけが口元に手を当てて笑いを堪《こら》えているところをみるに二人もこの一連の流れに関わっているのは確実だ。

だが改めて、こうして自分が考えていたことを口にされると恥ずかしいものがある。実際の発言と比べると原形がまるでない。それを悟ってくれる陣平君はある種の超能力者と言える。さすが私の自慢の幼馴染です。

「エスパーじゃあるまいし、どうして五木《いつき》君にそんなことがわかるの？」

女子生徒からまたも至極当然の質問が飛ぶ。内心でほくそ笑んでいたが、第三者にしてみれば陣平君の妄想と思うのも無理はない。ここからは私の番だ。そう思ってなけなしの勇気を振り絞って口を開こうとした時、

「俺が環奈の幼馴染だからだ。それ以上の理由がいるかな？」

文句は言わせない。そう言外に滲《にじ》ませるかのような陣平君の鋭い眼差《まなざ》しに女子生徒はたじろぎ、同時に教室がしんと静まり返る。

「陣平君……」

視界がぼやけて幼馴染の顔が見えない。ずっと堪えてきたものが音を立てて崩れ落ち、涙がとめどなく溢れてくる。拭っても拭っても止まってくれない。

「それに環奈がこのバザーを楽しみにしているって言ったのを直接聞いている。しかも俺だけじゃない。そうだよな？」

「うん。私も花園さんがそう言っているのを聞いたよ」

「同じく。とてもいい笑顔で言っていた。遊びで適当にやろうとしている人とは思えない」

浅桜さんと笹月さんが手を挙げながら陣平君の言葉が嘘《うそ》ではないと補強する。何気なく

した話を二人が覚えていてくれたことに胸が熱くなる。

『五木だけじゃなくて浅桜さんと笹月さんも言うなら本当なんじゃ……？　というか笹月さんが見えてるんだけど⁉』

『二人が嘘を吐《つ》く理由も花園《はなぞの》さんを庇《かば》う理由もないよね』

『そもそもあいつらはどういう関係なんだ？』

天才スプリンターと天才女優の二人による突然の援護射撃に教室が三度ざわつく。傍《はた》から見れば私達に接点はないから驚くのは無理もない。

そして幼馴染《おさななじみ》と初めてできた友人達がここまでしてくれたのに私は泣いているばかりでいいはずがないし、いつまでも背中に隠れていてばかりじゃいられない。袖で乱暴に涙を拭いて、覚悟を決めて口を開く。

「ごめんなさい！　私が言葉足らずなばっかりにみなさんに不快な思いをさせてしまいました。でも陣平君や浅桜さん、笹月さんが言ったように、私はみなさんと協力してバザーに取り組むのを楽しみにしていたんです！　だから――」

言葉を切り、一度大きく深呼吸をする。

〝環奈《かんな》ちゃんが何を考えているかみんなもわかればいいのにね〟


幼い頃、陣平《じんぺい》君に言われた子供故の純粋で優しい言葉。これにどれだけ救われたことか。

でも実はこの台詞《せりふ》には続きがある。それは今の私を形作る大事な宝物。


〝でももしみんながわからなかったとしたら、僕が環奈ちゃんの代わりに環奈ちゃんの思っていることを伝えてあげるよ！〟


きっと陣平君はこの時のことは覚えていないだろう。それでもあの頃と変わらず、自分が伝えられなかった言葉を代弁してくれた。

でももう大丈夫。私は自分の口で、声で、思いをみんなに伝えるから。

「――みんなで一緒に……アクセサリーを作りませんか？」

お願いします、と私は深く頭を下げる。

勇気は振り絞った。またしても静まり返る教室。

みんなが逡巡《しゅんじゅん》している空気の中。沈黙を切り裂くように和田君が椅子を倒すほどの勢いで立ち上がってこう言った。

「花園さんにそこまで言われたらやるしかねぇよなぁ⁉　というかまさか……やらねぇとか言う奴《やつ》はいねぇよなぁ⁉」

どこぞのヤンキーの総長が言いそうなセリフでクラスメイト達を煽《あお》る和田君。嬉《うれ》しいけれどもう少し優しい口調で言ってほしかったと思わなくもないけれど、これがきっかけとなり教室の空気が一つに纏《まと》まる。


『よし、やろうぜ！』

『鹿の角のアクセサリーなんてオシャレだよね。五木君センスあるぅ』

『というかいくら何でも言葉足らず過ぎるよ、花園さん』


重たかった空気が霧散して活気が戻ってくる。もうダメかと、今まで通りのバザーになるのかと思っていたみんなの気持ちが見事に叩《たた》き直された。その中心にいるのは間違いなく陣平君である。ホント、すごい人です。

「よっしゃぁ！　話がまとまったところで早速作業に取り掛かろうぜ！　五木、材料はそこにあるだけで全部か？　作り方は教えてくれるんだよな？」

「もちろん。あと材料はまだまだあるから取ってくる。委員長、悪いんだけどみんなにこれ配っておいてくれるかな？」

「う、うん……」

陣平君は段ボールの中からクリアファイルを取り出して委員長に渡した。それなりに分厚くなっているところから察するに説明書は人数分ありそうだ。素材の加工と並行して準備したとなると一体どれほど頑張ったのか想像もできない。

「これを見ながら作業を進めてくれたら大丈夫だから。それじゃあとはよろしく！」

最後にそう言い残して、陣平君は颯爽《さっそう》と教室から出て行った。残された私達は委員長の指揮のもと、早速アクセサリー作りに取り掛かるのだった。

＊＊＊＊

数日がかりで準備をした大立ち回りを披露して教室を出てすぐのこと。寝不足による疲れからくる眩暈《めまい》に襲われた。

「さすがにちょっと無理しすぎたか……」

壁に手をつきながら思わず自嘲する。若さを担保に睡眠時間を惜しんでぶっ続けで作業をしたツケがここにきて一気に押し寄せてきた。でもこうでもしないとバザーの開催には間に合わなかっただろう。というか現時点でもギリギリだ。

　泣き言を言っている時間はない。俺は一度深呼吸をしてから活を入れ、ここまで自分を運んでくれた人が待っている校舎裏の駐車場へと急ぐ。

「やれやれ……高校生になった途端人使いが荒くなったね。キミは私のことを何だと思っているのかな？」

「それはもちろん、アフターケアがバッチリの最高の恩師ですよ」

　愛車に寄りかかりながら煙草《たばこ》をふかしてどこか不満げにしている元担任――葛城夏海《かつらぎなつみ》先生に俺は軽口に偽装した本心を伝える。

「そうかい？　その割には美人教師の私をこき使ってくれたよね。恩師に対する扱いとしては最悪の部類じゃないかな？」

「むしろノリノリで手伝ってくれた人が何を今更……」

　環奈と電話で話した後、俺はすぐに爺《じい》ちゃんに電話をかけた。その内容は、

『もしもし、爺ちゃん。久しぶり。急な話で申し訳ないんだけど、鹿の角でアクセサリーを作りたいと思うんだ。今から帰るから手伝ってくれないかな？』

二つ返事で爺ちゃんは了承してくれたので、俺は最低限の荷物をカバンに詰めてその日のうちに夜行バスで帰郷した。そして三日三晩ぶっ続けの徹夜で角の切り出しと研磨、穴あけなどの作業をこなして葛城先生の車でついさっき帰って来た。

浅桜と笹月の協力がなかったらスムーズに実家に帰ることは出来なかっただろう。そして何より爺ちゃんや葛城先生を始めとした村のみんなが力を貸してくれたからこそ、この強行軍は成功した。

「それにしても驚いたよ。ゴールデンウィークには帰ってこないくせにそれが終わったら突然戻ってきて、開口一番『先生、鹿の角の加工を手伝って！』だなんて。気でも狂ったのかと思ったぞ」

「ハハハ……まぁ自分でも無茶なことをお願いした自覚はあります。三日間でやるようなことじゃなかったです」

「まぁ久しぶりにワイワイみんなで作業が出来て楽しかったからよかったけどね。学生時代の気分を味わうことも出来た」

「感謝している」と言って紫煙を吹かす葛城先生。中学三年間で何度も見た姿だけど、洋画のワンシーンに出てくる一仕事を終えた主人公のようで惚《ほ》れ惚《ぼ》れする。本人に言ったら一生からかわれることになりそうだから言わないが。

「色々本当に……ありがとうございました、先生」

「構わんよ。可愛《かわい》い元教え子の初めての頼みだ。まぁ次は少し加減してほしいがな」

「そうですね。次のお願いはもう少し優しいものにします」

そう言って俺と先生は笑みを零《こぼ》す。もう少し雑談に興じていたいところだが、そろそろ残りの荷物を持って教室に戻らないと和田《わだ》あたりから怒られかねない。

「なぁ、五木《いつき》。一つ聞かせてほしいことがあるんだけどいいかな？」

「どうしたんですか、藪《やぶ》から棒に？」

いつも飄々《ひょうひょう》としていて真面目と不真面目の間を反復横跳びしている葛城先生らしくない神妙な顔付きに俺はわずかに困惑する。そんな俺の動揺を見抜いたのか、ゆっくりと紫煙を吐き出して間をおいてからこんなことを尋ねてきた。

「——ここでの学校生活は楽しいか？」

「……え？」

我ながら間抜けな声が口から洩《も》れる。どうしてそんなことを聞くのだろうかと思うと同時にきっとこの人にはずっと前からお見通しだったんだなと気が付く。

環奈と離れ離れになって、俺の心の中にぽっかりと穴が空いた。そしてその日を境に俺は心の底から学校生活を楽しめなくなってしまった。

友人と呼べる人がいなかったわけじゃないし、普通に遊んだりもした。ただ同級生たちと過ごすよりも祖父と一緒に山に入る時間の方が長かった。

その理由は他でもない、周りと自分との違いに気付いたからだ。それが環奈と同じ悩みであると気付いたのは大分時間が経《た》ってからだ。ちょうどそれが葛城先生と出会った時期だった。

つまるところ。環奈は俺のことを救世主というが、俺にとっても環奈は救世主だったということだ。もしかしたら葛城先生はそれがわかっていたから俺に天橋立《あまのはしだて》学園への入学を勧めたのかもしれない。もしそうだとしたら――

「どうしたんだ、五木？」

黙っている俺の顔をどこか不安そうな瞳で見つめてくる葛城先生。そんな顔をしないでほしい。

「何でもないよ。学校生活だけど……もちろんすごく楽しいよ！　環奈だけじゃない、浅桜《あさくら》や笹月《ささづき》、それに和田とかすごい奴がたくさんいてさ。向こうの学校に通っていたら知ることがないまま終わってた」

「…………」

「だから……この学校を紹介してくれてありがとう、葛城先生。この恩はきっと一生忘れない」

「フフッ。そうか……それはよかった」

本当に良かった、と感慨深げに言うと葛城先生は煙草を携帯灰皿に押し付けると満足した顔で車に乗り込んだ。

「さて、私はそろそろ帰るとするよ。早いところ荷物を降ろさないとこのまま持って帰っちゃうぞ?」

「今すぐ降ろすのでそれだけは勘弁してください!」

慌ててトランクの扉を開けて作業を始める。最後まで手伝ってくれてもいいじゃないかと内心でぼやいていると、葛城先生は慈愛の籠った声でこう言った。

「また何かあったらいつでも相談しに来るんだよ。それとちゃんと時々帰ってくること。みんな待っているからな」

「――はい!」

それから数分後。

積み込んだ段ボールを全て降ろし終えたのを確認した葛城先生は車を発進させた。俺はその車影が見えなくなるまで最大限の感謝の気持ちを胸に抱きながら見送り、教室へと戻るのだった。

＊＊＊＊

「ちょっと笹月さん！　一つのアクセサリーに角は一つって言いましたよね⁉　どうしてそんなにたくさんつけちゃうんですか⁉」

「その方がカッコいいから？」

「アハハ。確かに環奈《かんな》の言う通りいくらなんでもつけすぎだよ、美佳《みか》」

久しぶりにいつものメンバー全員が揃《そろ》った我が家で俺達はバザーに向けての商品づくりに勤《いそ》しんでいた。

思い返すと小恥ずかしい演説の後、クラスが一致団結して作業に取り掛かったところまでは予定通りだったもののさすがに一日で終わるような量ではなかった。

とはいえ開催まで悠長にしている時間がないことと学園から俺の家まで近いこともあり、一部を自宅に持ち帰って作業を進めることにしたのだ。そこに環奈達が加わり、夕食を食べてから作業をしているというわけだ。

「これではアクセサリーというよりどっかの部族の族長が倒した敵の骨で作ったコレクシ

ヨンです。せめて三つまで数を減らしてください」

「族長のコレクション……花園《はなぞの》に座布団《ざぶとん》一枚あげる。今のツッコミはセンスがあってよかった」

「プッハァ！　族長のコレクションって！　やめてよ、環奈。もうそうとしか見えなくなってきたじゃないか！」

怒られていたはずの笹月が何故《なぜ》かドヤ顔でサムズアップをし、浅桜がテーブルを叩《たた》きながら爆笑する。そして環奈は拳をぷるぷると震わせて怒りのボルテージを溜《た》めている。爆発まで三秒前といったところか。

「やめてください！　私までそう見えてきてしまったじゃないですか！　もう、陣平《じんぺい》君からも何か言ってください！」

「ま、まぁ……一個くらいあってもいいんじゃないか？」

レア感あるし、というと笹月が両手を掲げてガッツポーズをし、浅桜が腹を抱えて転がり倒れて環奈が頭を抱えながら深いため息を吐《つ》く。

「教室でワイワイ騒ぎながら作業するのも悪くないけど、こうして四人で小さなテーブルを囲って作業する方が私は好きかな」

「浅桜にしてはいいことを言う。私も五木の家で作業する方が好き。明日もやろう。というか今日からバザーまで泊まりでやろう、そうしよう」

「……笹月さん。あなた、もしかして天才では？」

「ボケにボケを重ねるんじゃない。そんなのダメに決まっているだろうが」

日常が戻ってきたのは喜ばしいことだが、周回遅れを取り戻そうとアクセルを全開まで踏み込むことはやめてほしい。クラッシュして大事故が起きたらどうするんだ。

「そうだね。いくら何でも三人で毎日泊まるのはやめた方がいいと私も思う」

「さすが浅桜。お前だけが頼りだ」

「だからバザーの前日以外は日替わりで泊まるっていうのはどうかな？」

「前言撤回。お前もボケ担当だったか！」

勘弁してくれ。いくらなんでもボケが三人もいたらツッコミが追いつかない。俺は顔に手を当てて天を仰ぐが、けれど口元は歪《ゆが》んでいるのを自覚する。この数日間が嘘《うそ》みたいな喧噪《けんそう》が心地いい。

「神機妙算《しんきみょうさん》。ナイスアイディアです、と言いたいところですがそれはダメです。あなた達が陣平君と二人きりで夜を明かすなんて何が起きるかわかりません！」

「その通り。花園や浅桜みたいな痴女を幼気《いたいけ》な五木と二人きりにしたら絶対によくないことが起きる。故に断固反対！」

「ちょっと笹月さん？　浅桜さんはともかくどうして私まで痴女扱いするんですか？　援護どころか背中から撃たないでくれませんか？」

「五木が入浴中にバスタオル一枚で突撃して、挙句の果てに洗体プレイをしようとした子が痴女じゃないわけないと思うけど？」

そうして美女三人はお泊まり会から誰が痴女かという食い意地のはっている犬ですら目を逸《そ》らすであろう議論を始める。意見を求められる前にこの場から逃げ出したい。

「お風呂《ふろ》での話をするなら浅桜さんと笹月さんも似たようなものですからね⁉　というかむしろわざわざスク水を着ている方が痴女度は高いと思いますけど⁉　しかもあれ、中学生のときのやつですよね⁉」

こんなところでとんでもない事実が明かされた。なるほど、サイズ感がおかしくきつそうにしていた――特に胸元のあたり――のはそのためだったのか。などと俺は目に焼き付いているあの時の映像を思い出しながらアホなことを考える。

「フフンッ。花園はまるでわかってないね。スク水を着てお風呂に突撃されて喜ばない男はいない。聖書にもそう書かれている」

「今すぐ聖書に土下座して謝ってください」

「まぁ環奈の裸にバスタオル一枚で突撃も悪くなかったと思うよ？　ただそれだと安直す

ぎるね。水着を着ていると思わせておいて実は何も着てませんでしたぁ！　くらいのお約束破りをしないと」

「ちょっと何を言っているかわかりません」

得意気な顔でボケ倒す二人に怯《ひる》むことなく応戦する環奈を応援したい気持ちはあるが、そろそろ喋《しゃべ》ってばかりいないで手も動かしてほしくもある。

「それに花園は上手《うま》く隠しているつもりだけど、一着だけ明らかに様相の異なるものがあった。あれは紛《まが》うことなき勝負下着。しかも布面積少なめ」

「ちょちょちょ、ちょっと笹月さん⁉　どうして知っているんですか⁉　もしかして漁《あさ》ったんですか⁉」

お客様の中に耳栓をお持ちの方はいらっしゃいませんか。はい、いませんよね。わかっています。俺は心の中でお経を唱えて心頭滅却を試みる。

「木を隠すには森の中とはよくいうけど、さすがにバレバレだよ、環奈。まぁ美佳も持ち込んでいる辺り人のことは言えないけどね」

「それを言ったら浅桜も同じ。カ●バンクラ●ンの下着とか男の好きなのをよくわかってる」

「フフッ。お褒めにあずかり光栄だね。そういう美佳こそ、可愛いとセクシーの両方を兼ね備えたベビードールを選ぶとは中々やるね。その点環奈ときたら……」

「ホント、安直」

やれやれと呆《あき》れ混じりのため息を吐く浅桜と笹月。考えないようにしていたのにあまりに具体的に話すせいで頭の中で二人の下着姿が浮かんできて作業の手が止まってしまう。

「……いいでしょう。そこまで言うなら今夜は三人で泊まってファッション勝負をしようじゃありませんか」

好き放題言われて堪忍袋《かんにんぶくろ》の緒が切れたのか、ゴゴゴゴと怒りが隆起するような効果音とともに環奈が静かな声で浅桜と笹月に宣戦布告をする。これに対して二人は不敵な笑みを浮かべながら「『受けて立つ』」と答えた。

「決まりですね。それでは今夜の陣平君の隣で誰が寝るかはこの戦いの勝者ということにしましょう」

いつの間にか泊まっていくことになっているが家主の了承を求めないのは如何《いかが》なものかと思う。というより彼女たちの制服や私服、寝間着に下着まで揃いつつあるのは由々しき問題だ。これでは溜まり場どころか最早《もはや》女の子三人との爛《ただ》れた半同棲《どうせい》生活である。

「公正を期すために決戦は寝る前にしよう。お風呂上がりにしたら最後に入った人にバフが効いて有利になるからね」

風呂上がりの火照《ほて》った身体《からだ》に下着姿は確かに強力なバフだからな。魅力も色気も倍増するのは想像に難《かた》くない。その点寝る前にならみんな平等だ。さすが、浅桜。よく考えている、というとでも思ったか馬鹿野郎。

「勝ったらそのまま五木《いつき》と布団《ふとん》にイン。フフフッ。完璧だね」

勝利を確信しているのか、戦いの後のことをすでに妄想してよだれを垂らしそうな程だらしのない表情をする笹月《ささづき》に俺は優しく手刀を落とす。アホなことを考えていないで現実に戻ってこい。

「さて。そうと決まればもう少しだけアクセサリー作りをしましょうか！」

「そうだね。ここで頑張った姿を見せれば加点してくれるよね」

「族長のコレクション的なアクセサリーはポイント高いよね、五木？」

「言いたいことは山ほどあるけどあえて一つに絞るぞ。ファッション勝負とやらの審査員は誰がやるんだ？」

わかっている。聞くまでもないことだってわかっているさ。話の流れ的に誰が審査員をするかなんて火を見るよりも明らかだってことは重々承知している。でも万が一、億が一の可能性にすがりたい。

「もちろん、陣平君ですが？」

い。


「当然、五木だね」

「五木以外に考えられない」

三者三様の回答は俺が縋《すが》ろうとした藁《わら》を一切の容赦なく蹴散らすもので、俺はがっくりと肩を落としてうなだれる。傍《はた》から見れば桃源郷だとか合法的にラッキースケベするなとシュプレヒコールが起きそうなイベントだが、当事者としては地獄以外のなにものでもない。

「まだまだ夜は長いですからね。寝不足にならない範囲で頑張りましょう！」

環奈の号令に二人も元気よく「「おぉ！」」と答えてようやく作業が再開された。

それから数時間。明るく会話しながら俺達はアクセサリー作りに精を出した。それから美女三人は俺の心労をよそに仲良くお風呂に入ったり髪の毛を乾かし合ったりとわちゃわちゃとお泊まり会を楽しんでいた。

ちなみに問題のファッション勝負は無事開催される運びとなり、案の定理性と本能の狭《はざ》間《ま》を反復横跳びしながら苦渋の決断を強いられることになった。結果、誰を選んだのかは俺の名誉のために黙秘とさせていただく。

そして日付が変わり、疲労困憊《ひろうこんぱい》で布団の中に入った三人が可愛《かわい》い寝息を立て始めたのを確認してから、俺は一人作業を進める。開催までに間に合うといいな。

# 第九話　感謝の気持ちを

紆余曲折《うよきょくせつ》がありつつもバザーは何とか無事に終わった。心地の良い疲労感と清々《すがすが》しい達成感を胸に、俺達はささやかな打ち上げを行っていた。

「ごめんねぇぇぇぇぇぇ‼　花園《はなぞの》さぁぁぁんっ‼　本当にごめんねぇ‼」

「アハハ……もう何度も謝ってもらったので大丈夫ですよ」

陽《ひ》が沈み出した教室で女子生徒が滂沱《ぼうだ》の涙を流して謝罪の言葉を口にしながら環奈《かんな》に抱き着いていた。

「でもでも……花園さんのことを傷つけるようなことたくさん言っちゃったし……本当にごめんなさい‼」

環奈は困惑した様子で女子生徒の背中をあやすようにポンポンと叩く。その感動的な様子に教室にいるクラスメイト達から拍手が送られる。

「ねぇ、五木。私達は何を見せられているのかな？」

「それ以上何も言うな、浅桜《あさくら》。俺にもよくわからん」

「陰で悪口愚痴言ってごめんなさい会。謝れるのはいいことだよ」

物知り顔で言いながらどこに隠していたのか出所不明のお菓子を頬張る笹月。確かに現在進行形で環奈にわんわんと泣きながら抱き着いて謝っている女の子は放課後に「パパ活とかやってたりして？」と口にしていた子だ。

けれども環奈自身はその発言を直接聞いたわけじゃないのでこんな風に謝られているのが不思議でしょうがないはずだ。

「まぁ何はともあれ。色々あったけど無事にバザーが終わって本当によかったよ」

「しかも歴代最高の売り上げだったたって簾田《みすた》先生が言ってた。つまり私達は歴史に名を残したってことだね」

むふぅっとドヤ顔をする笹月だが口元にお菓子の粉を付けているので台無しである。とはいえ二人が話しているように、鹿の角のアクセサリーは過去一番の売り上げを記録するほどの大盛況だった。

しかも早々に完売してしまい買えなかった人達が続出。環奈の会社で作って販売するのはどうかと校長から提案されるほどだった。

俺がこの案を思い付くことができたのは、ひとえに俺が渡したストラップを環奈が持ち続けていてくれたからこそだ。

「聞いた話によると、これまでの記録は簾田先生の先輩が打ち立てたらしいよ。しかも三年連続で記録を更新し続けたから伝説になってるみたい」

凄《すさ》まじいね、と苦笑いをする浅桜の話を聞いて、俺の脳裏には煙草《たばこ》をふかしながらニヒルに笑う恩師の姿がよぎった。

「大丈夫、私達も同じように三年連続で記録を更新すればいいだけ」

「フフッ。確かに、私達ならやれないことはないね。そうだよね、五木?」

「今回みたいなウルトラCをまた使うことができれば可能かもな」

いくら鹿の角のアクセサリーが都会では珍しいとはいえ、ここまでの反響を呼んだのにはもう一つ要因がある。

それは一つの記事。内容は天橋立《あまのはしだて》学園で毎年行われているバザーの特集。

内容は主に陣平《じんぺい》たちのクラスのことが書かれており、環奈やクラスメイト達がみな楽しそうに鹿の角のアクセサリーを作っている写真が掲載されている。

最後には〝みんなで協力してモノづくりができてとても楽しいです〟という環奈のコメントが添えられていた。

「のんびりバカンスしているマネージャーに連絡して記者とその上司の連絡先を調べてもらった。私、頑張った」

「その後私がその記者たちに連絡をして滅多に受けない単独インタビューに応じる旨《むね》を伝えたんだよ。バザーの特集記事を書いてもらうことを条件にね」

この記事の仕掛人は他でもない浅桜と笹月。

以前笹月が口にしたハムラビ法典作戦とはつまり炎上記事を消火するために別の記事をぶつけるというものだった。

もちろん多少の代償——浅桜が単独インタビューを受ける——は支払うことになったが、これで環奈の印象も回復したし、それ以上にバザーに例年以上の人が集まってアクセサリーも完売になった。まさに一挙両得だ。

「二人とも、環奈のためにありがとな」

「いいってことさ。五木にとって環奈が大切な幼馴染《おさななじみ》であるように、私にとって環奈は大事な友達だからね。ピンチな時は一肌でも二肌でも脱ぐよ」

「私も。ちょっと痴女なところはあるけど花園は私の大事な友達。これくらい当たり前だのクラッカー」

軽い口調でそう言うと、二人は助けを求めている環奈の元へ向かった。泣いて抱き着いていた女の子はそのままに、他のみんなにも囲まれて大変なことになっていた。一人でいることは多くてもその逆の経験はない環奈がパニックになるのは無理もない。まぁ楽しそうにしているし、援護は浅桜たちに任せるとしよう。

「まさか鹿の角を持ってくるとは思わなかったぜ。しかもあの量の角を全部一人で加工したんだろう？　大分無理したんじゃないか？」

窓際《まどぎわ》に立ってぼんやりと幼馴染の様子を眺めていたら、両手にジュースを持った和田《わだ》が声をかけてきた。差し出されたそれを受け取りながら、俺は肩を竦《すく》めながら答える。

「一人で全部ってわけじゃないさ。爺《じい》ちゃんと先生にも手伝ってもらったからな。三日ほど寝ずに作業したら終わったよ」

「五木よ。事もなげに言っているけど相当やばいからな？　自分が異常だってことを少しは自覚しろよな？」

「アハハ……まぁさすがに疲れたから先に帰らせてもらうわ。みんなによろしく伝えておいてくれ」

それじゃ、と言い残して俺は教室を後にする。去り際に環奈の様子を確認すると、クラスメイトに囲まれて楽しそうに笑っていた。

「これなら大丈夫だな」

環奈はもう一人じゃない。嬉《うれ》しさ半分寂しさ半分の複雑な気持ちを抱きながら俺は帰路へとつくのだった。

＊＊＊＊＊

帰宅するや否《いな》や俺はベッドに倒れ込んだ。その瞬間、津波のようにどばっと睡魔と疲労感が押し寄せてくる。

夜行バスで実家に戻り、そこからバザー当日まで碌《ろく》に寝ずに作業をしていた。これにはブラック企業も真っ青となって労働基準監督署に報告しに行くことだろう。和田がドン引きするのも当然だ。

俺がそうまでしたのにはなにも商品を間に合わせるためだけではない。むしろそれだけなら規則正しい生活の範囲内で可能だった。それでも俺が身体《からだ》に鞭《むち》を打って無理を押し通した理由。それは――

「陣平君、大丈夫ですか？」

「五木、生きてる？」

「起きて、五木。寝たら死ぬよ」

ガチャリと扉が開く音とともに部屋に環奈、浅桜、笹月が駆け込んできた。俺が教室を出てからまだ三十分と経《た》っていない。

「血相変えてどうした？　打ち上げは終わったのか？」

「いえ、今頃みなさんカラオケに移動して二次会をやっていると思います。ってそんなことはいいんです！　大事なのは陣平君の体調の方です！」

「私達も二次会に行くつもりだったんだけど、和田から五木《いつき》が先に帰ったってことを聞いてね。心配になって帰ってきたってわけさ」

そもそもここは俺の家であってキミ達の家ではないのでは、というツッコミのかわりに俺は苦笑いを零《こぼ》す。

「五木が夜な夜な一人でコソコソと作業をしていることに私達が気付いていないとでも思ったの？」

「マジか……みんな気付いていたのか」

一度も起きてこなかったからてっきりバレていないものだと思っていた。

「隣で寝ているはずの五木の温《ぬく》もりが突然消えて気付かない奴《やつ》はこの中にはいないよ」

「どうして一人で無理をしたんですか……？」

悲しさと申し訳なさが混じった顔で環奈は言った。浅桜も笹月《ささづき》に至っては怒ってすらいる。だが全部誤解だ。俺は重たい身体に鞭を打って起き上がりベッドから下りると、幼馴染の頭をぽんぽんと優しく撫《な》でる。

「これは誰のせいでもないよ。確かに多少の無理はした自覚はある。それで心配かけたのは申し訳なく思ってる。でもこれはみんなのためにどうしても俺一人で作りたかったんだ」

言いながら俺は机の引き出しの中に隠していたある物を取り出す。これこそが俺の寝不足の原因であり、何としてでも今日までに間に合わせたかった物だ。

「これをみんなに渡したかったんだ。受け取ってくれると嬉しい」

環奈には桜色のピンクの、浅桜には澄んだ空の青の、そして笹月には夜空に輝く星の黄色の。三人の雰囲気にあった色のリボンを巻いた木箱を手渡した。

「綺麗《きれい》……もしかして陣平君が作ったんですか？」

早速中を開けた環奈が感嘆した様子で尋ねてきた。彼女に渡したのは真っ白な鹿の角を羽の形に彫刻したイヤリングだ。

「バザーで売っていたものとは全然違うね……」

「まさしく一点物。こんな素敵な物を貰《もら》っていいの？」

同じく箱を開けた浅桜と笹月は喜びと同じくらい困惑した様子を見せる。ちなみに浅桜には花を模《かたど》ったブレスレットを、笹月には星をモチーフにしたペンダントをそれぞれ用意した。

「もちろん。角の一番白くて綺麗なところを使って彫り出してみたんだけど、初めて作ったから武骨なのは許してくれ」

若くして成功を収めている三人だからこそ、これから先も様々な困難が立ちはだかることだろう。だから福を呼び、魔除《まよ》けにもなる御守《おまも》りとしてプレゼントしたかった。それとここまでの感謝の気持ちを込めて。

「一人でこっちに来て、上手《うま》くやっていけるか不安だったんだ。でも環奈《かんな》や浅桜《あさくら》、笹月のおかげで寂しさを感じる日は一日もなかったし毎日楽しいんだ。これはそのお礼」

本当にありがとう、と最後に付け足しながら俺は頭を下げる。

「違います。間違っていますよ、陣平君。私はあなたからたくさんの物を貰いました。今の私があるのは他でもない、あなたのおかげです」

「環奈の言う通りだよ。私の方こそ五木にはいつも感謝しているよ。毎日身体のケアをしてくれているおかげでいつも万全の状態で練習できるんだからね」

「五木が見つけてくれなかったら私は今もずっと独りぼっちだった。感謝してもしきれない」

「「ありがとう、私達をわかってくれて」」

口をそろえて笑顔で言われて目頭が熱くなる。

「それじゃ陣平君。せっかくなのでこのイヤリング、着けてくれませんか？」

ずいっと身体を密着させながら上目遣いで懇願してくる環奈。思わず俺の口から素っ頓狂な声にならない悲鳴が漏れる。

不意打ちは勘弁してくれと内心で嘆きつつ戸惑っていると、すかさず浅桜と笹月が環奈の首根っこを摑《つか》んで引きはがしにかかる。

「抜け駆けはダメだよ、環奈？」

「ここは公平にじゃんけんで決めるべき」

「……俺が三人にアクセサリーを付けるのは確定なのか」

だが悲しいかな。俺の懇願が届くことはなく。いつものように仁義なき順番決めの戦いが始まってやいのやいのと楽しそうに騒ぎ出す環奈達。

最初はうるさい、溜《た》まり場にするなと思っていたのに今では何故《なぜ》か無性に心地いい。むしろなくてはならないものになっていた。

「みんな、ありがとう」

願わくば一日でも長く、この生活が続きますように。

俺はそう心の中で祈りつつ、戦いの行く末を見守るのだった。

# あとがき

初めまして、あるいはお久しぶりです、雨音恵です。

この度は本作「俺ん家が女子の溜《た》まり場になっている件」を手に取っていただきありがとうございます！　8月のノベライズから間を空けずの作業で大変でしたが、無事刊行できてよかったです。

本作品はカバーイラストでもわかるように複数のヒロインによるラブコメです。環奈《かんな》、奈央《なお》、美佳《みか》、それぞれ違う属性で書いていてとても楽しかったです。反面、出番のバランス調整が大変でした。その最たる例が美佳でして、
担N「いやぁ…美佳ちゃん可愛《かわい》いですね！　私、美佳ちゃん推しです！」

雨音「なるほど……Nさんは美佳ちゃんが好きと」

担N「でも奈央ちゃんの影が薄くなっているのでそのあたり調整いただけますか？」

僕自身、美佳は書きやすいというか書いたことがないタイプのヒロインだったので筆が乗ってしまいました（笑）

あとこれは言うまでもないですが今作品にもお風呂《ふろ》シーンはあります！　何なら冒頭からです！　スク水でお風呂って……いいよね？（圧）

次に素敵かつ魅力あふれるイラストについてのお話を。

本作品を担当していただいたのはYuzuKi先生です！　カバーイラスト、前述したお風呂シーンの口絵に加えて彼シャツにマッサージ、添い寝など三人のヒロインの魅せ場をたくさん描いていただきました！　三人娘の色んな姿をご堪能《たんのう》ください！

ここからは謝辞を。

担当Nさん。お忙しい中今回もお世話になりました！　冒頭からお風呂シーンをぶち込んですいませんでした（反省はしていない）。ヒロイン達の魅せ場のバランスで悩んでいるところを的確な助言をいただき非常に助かりました！　YuzuKi先生に書いていただくカバーイラストはどんな物がいいか何度も話し合ったのはいい思い出です（笑）

イラストレーターのYuzuKi先生。ご多忙の中、引き受けていただきありがとうございました！　個人的にコミケで本を買わせていただくくらい好きなYuzuKi先生に描いていただけて嬉《うれ》しい限りです。キャラデザはイメージ通りで感動しましたし、カバーイラストも二案あげて頂き、どちらにしようか担当Nさんと非常に悩みました。

本作がヒット作となるよう、どうぞ引き続きお力添えのほどよろしくお願いいたします！

読者の皆様。今作が初めてという方、過去作から引き続いて手を取ってくださっている方、どちらにも変わらぬ深い感謝を。

そして本書の出版に関わって頂いた多くの皆様にも感謝を。そして改めてこの本を買ってくださった読者の皆様、本当にありがとうございます！

恒例ではありますが最後にお願いがあります。

購入報告、本編を読み終わった感想をSNSにアップしたり、レビューを投稿してみたり、出版社宛に手紙を送ってみたり、ぜひ応援を形にしてほしいです。そうなるとどうなるか？　主に作品と作者の力となり、二巻をお届けすることができるかもしれません。

YuzuKi先生の描く三人ヒロイン達のえっちな姿を見たくないですか？　私は見たいです（コラ）。ですからどうか皆様の力を私に貸してください（土下座）！　そして私に締め切りのある生活をください！（やめろ）

最後に。実はこちらはコミカライズが決定しました！　キャラデザ、連載開始時期など続報をお待ちください！

久しぶりにちょっと長いあとがきなので書けるか不安でしたが、無事ページ数も迫ってきたのでこの辺りで。
それでは二巻でまた皆様とお会いできますこと、切に願っております。

雨音　恵

富士見ファンタジア文庫

俺《おれ》ん家《ち》が女子《じょし》の溜《た》まり場《ば》に
なっている件《けん》

令和6年11月20日　初版発行

著者――雨音《あまね》　恵《めぐみ》

発行者――山下直久

発　行――株式会社KADOKAWA
〒102-8177
東京都千代田区富士見2-13-3
0570-002-301（ナビダイヤル）

印刷所――株式会社暁印刷

製本所――本間製本株式会社



ISBN978-4-04-075616-5 C0193　◇◇◇

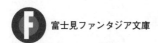

# じつは義妹《いもうと》でした。

～最近できた義理の弟の距離感がやたら近いわけ～

勘違いから始まる兄妹いちゃラブコメ！

親の再婚で、俺の家族になった晶。美少年だけど人見知りな晶のために、いつも一緒に遊んであげたら、めちゃくちゃ懐かれてしまい!?　「兄貴、僕のこと好き？」そして、彼女が『妹』だとわかったとき……「兄妹」から「恋人」を目指す、晶のアプローチが始まる!?

白井ムク

イラスト：千種みのり

ファンタジア文庫

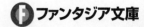

僕、兄貴のこと
すっごく好きだよ！
シリーズ
重版続々
大ヒット
発売中‼